"하하하하하, 평상심, 평상심."

"앗, 히읏! 으응……."

지금 풀파워로 혀를 깨물고 있다.
앞니로 꽉 깨물고 있다.
이렇게 하지 않으면 버틸 수가 없다.
말 그대로 '무리'다.

"네~네. 자, 몸을 닦을 거니까
한 번 더 만세 해주세요."

"치이~."

""""""바다다~~~~~~~!!!""""""

CONTENTS

[일러스트] 아사히나 히카게

HIKAGE ASAHINA

1

어서와

*사정상 본문은 엔화를 기준으로 합니다

비 내리는 밤, 긴 흑발의 여자가 맨션 복도에 서 있었다.

솔직히 진짜로 기겁했다. 잔업을 끝낸 새벽 2시에 보기에는 너무 강렬한 광경에 몇 년 만에 비명을 지를 뻔했지만, 그녀가 입고 있는 쫄딱 젖은 정장은 본 적이 있었다.

"옆집에 사는 사오토메 씨, 맞죠?"

"엣, 아밧, 옆집에 사시는……. 죄송해요, 사오토메입니다, 맞아요."

사오토메 씨가 놀라 움찔하면서 대답했다. 비 때문에 볼에 들러붙은 머리칼을 손으로 떼어내면서 눈을 깜빡이고 있었다. 틀림없이 내 옆집인 603호실에 사는 사오토메 씨였다. 어찌어찌 상대도 내 얼굴을 기억하던 모양이었다.

그나저나 '엣'은 알겠는데 '아밧'은 또 참신하네.

"일 끝나고 온 건가요? 늦네요."

"그, 네, 일단은."

일단은 이라.

물에 빠진 생쥐 꼴로 서 있는 것도 그렇고 이래저래 신경 쓰이는 부분이 있었지만, 타인이 참견할 일은 아니었다. 나나 저쪽이나 내일도 출근해야 하는 건 마찬가지일 테니 빨리 쉬는 편이 좋을 거다.

"그럼 들어가세요."

"아, 네, 들어가세요."

열쇠를 꺼내 문손잡이의 열쇠 구멍에 꽂았다. 이 열쇠를 비틀면 문이 열리고 노트북과 선인장 화분 외에는 최소한의 물건밖에 없는 내 집이 무기질적인 냄새와 함께 맞이해줄 것이다.

하지만 이웃집 주민 사오토메 씨는 맨션 주민 모두가 하는 이 행동을 하지 않았다. 문을 지그시 쳐다보는 채로 가만히 서 있는 게 고작이었다. 설마 그런 건가?

"혹시 열쇠를 잃어버렸나요?"

"아, 아뇨, 잃어버린 건 아닌데……."

손을 팔랑팔랑 흔들어 부정한 사오토메 씨는 그대로 시선을 왼쪽 아래로 피했다.

"편도로 3시간 걸리는 출장지에 두고 왔을 뿐이에요……."

"그건 잃어버린 거나 마찬가지 아닙니까. 달리 문을 열 방법은 없는 건가요?"

"죄송합니다……."

"아니, 제게 사과하셔도……. 두고 온 곳에 전화는 해봤나요?"

일단 물어보긴 했지만, 아무튼 시각은 오전 2시. 나 같은 회사의 노예를 제외하면 거리는 잠들어있을 시간이다.

"스마트폰이랑 지갑도 열쇠와 같은 가방에 넣어둬서……."

"그럼 1층 현관은 어떻게 여신 건가요? 우연히 나온 사람과 마주쳤을 때 들어왔나요?"

"그 말대로예요……."

월 500을 받아도 사는 보람이 없는 옆집 누나에게 300에 고용돼서 '어서 와'라고 말해주는 일이 즐겁다

"그래서 바깥에 도움을 구하러 가지도 못했구나."

이 시간에 섣불리 맨션에서 나갔다가는 이번에야말로 집 앞까지 돌아오지 못할 수도 있다. 문 앞에서 어찌지도 못하고 멍하니 있던 것도 그 때문일 것이다.

"공중전화도 못 쓰고, 만약 쓸 수 있다고 해도 이 시간이면 아무도 안 받을 거고……."

"설령 받았다고 해도 바로 어떻게 되는 것도 아니고 말이죠."

"네……."

딱딱하게 굳은 표정으로 힘없이 고개를 끄덕이는 사오토메 씨는 마치 미아가 된 어린이 같았다.

사오토메 씨와 처음 만난 건 작년 봄, 이 맨션으로 이사 온 날이었다. 처음에는 이웃집 사람이 이렇게 예쁘다니, 하고 기뻐했으나, 내가 보통 사람은 잠들어있는 시간에 돌아오는 일이 잦아지면서 만날 일은 없겠구나, 생각하고 있었다.

설마 이런 사람이었을 줄이야.

"계속 그렇게 있으면 감기 걸려요. 일단 돈을 빌려드릴 테니까 오늘 밤만이라도 어디 비즈니스호텔에서 묵으세요."

"아뇨, 그, 그렇게까지 할 수는……."

"오히려 제가 모른 척하기 어렵다고요. 수건 가져올 테니까 택시를 부를 때까지 머리만이라도 닦으세요. 이러면 괜찮나요?"

"아, 네, 감사합니다."

돈을 빌려주거나 빌리지 않는 주의지만 이번만큼은 어쩔 수 없다.

잘 보니 사오토메 씨가 수건을 가지러 집으로 들어가려고 하는 나를 향해 입을 뻐끔거리고 있었다. 감격에 젖었다기보다는 뭔가 하고 싶은 말이 잘 나오지 않는 모양이었다.

"사오토메 씨."

"아바, 네!"

"들이쉬고~."

"스읍~."

"내쉬고~."

"하~."

"크게 들이쉬고~."

"스읍~~~."

"크게 내쉬고~."

"하~~~."

심호흡은 위대하다. 단시간에 사람을 침착하게 만들 수 있다. 게다가 무료다.

"그럼, 말씀하시죠."

"저기, 내일은 굉장히 중요한 일이 있어서요."

"네."

"필요한 자료가 집 안에 있는데."

"네?"

"그게 없으면, 회사가…… 망할지도……."

"대위기잖아요!!"

상상 이상으로 심각한 사태에 무심코 소리를 지르고는 황급히 주위를 둘러봤다. 새벽 2시의 어둠에 휩싸인 맨션 복도는 쏴아쏴아 하는 빗소리가 메아리칠뿐, 다행히 잠에서 깬 사람은 없는 듯했다.

다만 그 말은 곧 나 이외에 사오토메 씨가 도움을 요청할 수 있는 사람은 없다는 말이기도 했다. 이렇게 된 이상 어쩔 수 없군.

"사오토메 씨, 베란다에는 뭔가 됐나요? 큰 화분이라던가 빨래라던가."

"베란다요? 아뇨, 딱히 아무것도."

"제 방에서 베란다를 통해 사오토메 씨의 방에 가서 창문을 깨고 안에서 문을 열게요. 괜찮나요?"

"네, 네에?!"

사오토메 씨가 놀란 건 창문을 깬다고 해서일까, 6층 베란다를 통해 넘어간다고 해서일까. 아마 둘 다일 것이다. 하지만 달리 방도가 없었다.

(이날로부터 일주일 뒤, 24시간 영업하는 열쇠공의 존재를 알고 온몸의 힘이 빠진 것은 또 다른 이야기다.)

무엇보다도 열리지 않는 문 앞에 있는 사람을 모른 척 방치하고 싶지 않았다.

"일단은 제 방에 오세요. 집주인이 같이 있는 게 나중에 설명하기 쉬울 거 같고."

"그, 그렇지만 위험해⋯⋯."

"난간에 발을 걸치고 칸막이를 넘어가기만 할 뿐이니까 걱정할 필요 없어요. 비가 와도 그렇게 쉽게 떨어지진 않아요."

"그럼 제가 스스로⋯⋯."

"안 돼요."

바로 거절했다.

미안하지만, 사오토메 씨가 베란다에서 베란다로 훌쩍 뛰어 넘어가는 모습을 전혀 상상할 수 없었다. 만일에라도 발이 미끄러져 내 방에 흑발의 귀신이 나오게 되는 일은 어떻게든 피하고 싶었다.

"저기, 그⋯⋯."

"또 뭔가요?"

"청소를 안 해놔서⋯⋯."

"자, 갑시다. 다녀왔습니다~."

"자, 잠깐. 어, 아, 실례하겠습니다?"

내가 사는 605호실도 남에게 자랑할 만큼 깨끗하진 않지만, 다행히도 물건이 적어서 남이 본들 딱히 문제가 될 일은 없었다. 현관에 들어서 수건을 건네주니, 사오토메 씨는 몇 번이나 머리를 숙이고 나서 머리카락을 닦기 시작했다.

"음~, 억지로 산 공구를 이 주변에 넣어뒀을 건데."

"⋯⋯억지로 산?"

"손님이 공구가 필요한 일이 있어서 급한 대로 제 돈으로 샀는데, 나중에 회사 경비로 처리하려고 했더니 과장님이 '기합이 있었으면 맨손으로도 했을 거다'라고 하면서 영수증에 도장을 안 찍어주더군요."

"그건 법적으로 문제가……."

"작업용 도구를 자비로 사서는 안 된다는 법률은 없잖아요? 오, 찾았다."

사오토메 씨가 비통한 목소리로 '그런가……?'라고 말하는 걸 등 뒤로 들으면서 필요한 도구를 주머니에 쑤셔 넣고 베란다로 통하는 창문을 열었다. 빗발은 여전히 강했고, 밤의 어둠 너머로부터 바람에 날려 옆으로 들이치는 비가 방으로 쏟아져 들어왔다.

"확인할게요. 제가 창문을 깨고 방에 들어가서 안쪽에서 문을 연다. 알겠죠?"

"부, 부탁드립니다. 하지만 안 될 것 같으면 바로 포기하셔도 돼요."

단념했는지 머리를 숙이는 사오토메 씨에게 고개를 끄덕이고 베란다에 발을 디뎠다.

휘몰아치는 바람 소리와 부딪치는 비, 젖은 발치를 보고 한순간 공포를 느꼈지만, 칸막이에 손을 걸치고 한 번에 몸을 끌어올렸다.

"아, 아바바바바……."

……뒤에서 들려오는 사오토메 씨의 비명(?)이 무척 신경 쓰이는데.

"갑니다."

"네, 네!"

"얍!"

6층 높이라고 해도 어차피 바로 옆. 칸막이가 있을 뿐, 거리가 있는 건 아니다. 칸막이를 받침점으로 삼아 몸을 회전시켜 비 내리는 밤 속으로 몸을 내밀었다. 바람에 떠밀리는 감각에 정신이 아찔해지면서도 축이 되는 다리를 옮겨 사오토메 씨의 집 베란다에 무사히 내려섰다. 기껏해야 한 3초 걸렸겠지만, 체감상으로는 30분은 걸린 기분이었다.

쿵쾅대는 심장을 진정시키기 위해 심호흡하고 베란다를 보니 이렇다 할 물건은 없었고, 에어컨의 실외기만이 덩그러니 놓여있었다.

"저기, 괜찮나요?!"

"네, 괜찮아요."

"대단해~. 남자다……."

그건 남자 꼬맹이들한테 하는 말 아닌가요, 사오토메 씨? 전 20대 중반이나 됐는데요.

"지금부터 창문을 깰 테니까 이쪽 현관 앞에서 기다려주세요."

"다, 다치면 안 돼요?"

"조심할게요."

칸막이 너머로 겨우 들리는 사오토메 씨의 목소리에 대답하고 주머니 안에 있는 도구를 꺼냈다. 목장갑, 테이프, 그리고 허리에

꽂은 쇠지레.

"창문의 수분을 닦아내고, 테이프를 붙이고, 목장갑을 끼고."

잠금장치 부근을 테이프로 덮어서 단단히 붙였다. 이전에 이렇게 하면 깼을 때 파편이 튀지 않는다고 배웠다. 소리를 억제하는 효과도 있으니 주변 주민이 강도로 오인하여 신고당할 위험도 적다.

이걸로 준비는 다 됐다.

"남은 건 쇠지레 같은 것으로 때려 부술 뿐!"

'쇠지레 같은 것'이 아니라 진짜 '쇠지레'지만. 나도 모르게 입에서 그런 말이 튀어나왔다.

그리고 결론부터 말하겠다. 창유리는 생각보다 단단했다.

"크윽…… 손이, 내 오른손이……!"

나는 찌릿찌릿 저리는 손을 붙잡았다. 간단하게 쨍그랑하고 깨질 줄 알고 살살 치긴 했지만, 설마 안 깨질 줄이야.

그러나 이러는 동안에도 사오토메 씨는 밖에서 기다리고 있다. 무엇보다 여기까지 와서 포기하는 건 너무 화가 난다.

"에잇! 에잇!"

유리에 금이 갔다.

"에잇!!"

현대과학의 결정체인 창유리는 혼신의 3연타를 맞고 깨졌다. 의도했던 대로 파편은 튀지 않고 방 쪽으로 축 늘어진 테이프에 붙어있었다. 날카로운 단면을 피해 조심스럽게 손을 집어넣어,

내 방의 창문과 똑같은 형태의 잠금장치를 열었다.

그렇게 간신히 들어선 사오토메 씨의 집. 그러나 그 아름다운 여성의 생활공간은 내 상상과 조금 다른 풍경이었다.

"우와아……."

방에 한가득 쌓인 박스의 산.

거의 텅 빈 책장과 찬장.

바닥을 가득 채운 광고 우편들.

그리고 바닥을 완전히 메운 무수한 빈 페트병들.

이사 와서 최소한의 짐만 풀고 빈 곳에서 생활하면서 다 마신 페트병을 바닥에 방치한 건가?

병뚜껑이 닫혀있어서 더럽지는 않았지만, 보기에는 증상이 말기에 다다랐다는 느낌이었다.

"뭔가, 응. 괜찮지만."

빠릿빠릿하게 일을 처리하는 검은 머리 미인의 방이라고 하면, 좀 더 현대적이고 기능적이거나 깔끔할 줄 알았다. 아니, 어떻게 보면 한없이 현대적이지만.

'딩~동'

"저기, 들어왔나요……?"

예상 밖의 사태에 굳어있던 머리가 인터폰 소리에 제 기능을 되찾았다. 현관 앞에서 사오토메 씨가, 이 개성적인 방의 주인이 기다리고 있다는 것을 완전히 잊고 있었다.

"아, 지금 들어왔어요. 문 열게요."

월 500을 받아도 사는 보람이 없는 옆집 누나에게 300에 고용돼서 '어서 와'라고 말해주는 일이 즐겁다

현관의 잠금장치를 풀어 문손잡이를 비트니, 그 너머에 안절부절못하는 사오토메 씨가 기다리고 있었다. 이렇게 보니 몸집이 꽤 작았다.

　"봤, 죠?"

　사오토메 씨는 고개를 들지 않고 시선만 위로 올리며 물었다. 뭘 봤냐고 묻는 건지는 확인할 필요도 없었다.

　"뭐라고 할까요, 상당히 효율적으로 살고 계시네요."

　파랗던 사오토메 씨의 얼굴이 단숨에 귀까지 새빨개졌다.

　완곡하게 돌려 말했는데 오히려 그게 더 민망했던 모양이다.

　"으으……."

　"일단 안으로 들어오세요. 전 창문을 테이프로 막고 돌아갈 테니까요."

　쭈그리고 앉은 사오토메 씨의 손을 잡아 방으로 들였다. 차갑게 식은 손이 그녀가 상당히 오랜 시간 동안 문 앞에 서 있었다는 걸 말해주고 있었다.

　"자, 어서 따뜻한 물로 씻으세요. 모처럼 자료를 찾았는데, 감기로 병결하면 농담거리도 안 되잖아요?"

　"네…… 다녀왔습니다……."

　"어서 와요. 오늘은 고생이 많았네요."

　"……?!"

　무심하게 대답한 내 말을 듣고 굽이 낮은 검은 펌프스를 벗으려던 사오토메 씨의 움직임이 딱 멈췄다.

"다, 다녀왔습니다."

"네? 어서 오세요?"

시선은 바닥에 가만히 둔 채로 한 번 더 말하기에 나도 다시 한 번 대답했다.

"다녀왔습니다."

"어서 오세요."

"다녀왔습니다."

"어서 오세요."

뭐지? 인사가 마음에 들었나?

아니, 이게 마음에 들고 말고가 있을까 싶었지만, 사오토메 씨는 그런 생각이 들 만큼 인사를 반복했다.

"10년 만에 들었어……."

아무래도 진짜 마음에 든 모양이었다. 마음에 와닿은 듯했다.

"……뭐, 확실히 혼자 살면 좀처럼 들을 일이 없죠."

"하, 한 번 더 해줄 수 있어?"

"이런 말쯤은 얼마든지 해드릴게요."

"정말?"

뭘까, 연상인 사오토메 씨가 초등학생처럼 보이는 건 기분 탓일까.

"정말이에요. 하지만 오늘은 이제 늦었으니까 다음에 해요."

"어……."

아니, 주인의 등을 바라보는 버려진 강아지 같은 눈빛으로 바라보셔도 말이죠…….

시선만 위로 올려 바라보고 있는 데다가 옷이 젖은 탓에 가슴의 계곡이 비쳐 보여서 심장에 좋지 않았다. 150cm 중반의 작은 키에 걸맞지 않은 대형병기가 내 눈에 집중포화를 날리고 있었다.

그런 유혹에 의식을 빼앗기면서 시계를 보니 벌써 오전 3시를 넘기고 있었다. 내일도 일하러 가야 하는데 상황이 굉장히 좋지 않았다. 현시점에 졸림과 피로는 한계에 가까웠다.

"그, 그럼 내일. 내일 부탁해도 될까요?"

사오토메 씨가 물고 늘어지기에 아무 생각 없이 '네' 하고 대답하려다가 자신의 노동환경을 떠올리고 고개를 저었다.

"아…… 그건 좀 어려울 거 같네요. 전 대체로 매일 이 시간에 돌아오거든요."

도쿄는 새벽 1시 반까지 전철이 달린다는 걸 알았을 때 얼마나 충격적이었는지…….

취직 때문에 후쿠오카에서 상경해 감격에 젖어있던 게 입사 1주차 때의 일이고, 막차 시간이 1시 반이라는 건 곧 나도 1시 반까지 일하게 된다는 뜻이라는 깨닫고 '철도회사 폭파 방법'을 검색한 건 입사 1개월 차 때의 일이었다.

사오토메 씨가 몇 시에 돌아오는지 모르지만, 지하철을 탄다면 나보다 늦게 돌아오는 것은 물리적으로 있을 수 없는 일이었다. 말을 듣는 것이라면 몰라도 말해주기는 한없이 어려웠다.

"그런가요……."

"쉬는 날이라면 어울려줄 수 있을지도 모르니, 그때라도."

다음 휴일이 언제 올지는 모르지만.

"알겠습니다."

"이해해주셔서 다행이에요. 얼른 깨진 창문을 막고 잡시다."

"제가 당신을 고용할게요. 마중 담당 부장이 되어주세요."

대화가 맞물리지 않았다.

이 사람은 무슨 소리를 하는 거야?

유아퇴행에서 갑자기 돌아왔나 싶더니만, 발언 수준은 전혀 변하지 않았다.

"저기, 지금 자신이 무슨 말을 했는지 알고 계시나요?"

"네, 알고 있어요."

"알고 있는 겁니까. 하지만 사람을 고용한다는 건 그렇게 쉬운 일이……."

"제 월수입은 50만 엔이에요."

사오토메 씨가 선뜻 말한 그런 말을 했다. 막차 시간까지 일하는 내 수입의 3배였다.

놓을 뻔한 정신을 억지로 붙잡고 사오토메 씨의 말을 되새겼다.

"50만?!"

"50만이에요."

"세전으로? 세후로?"

"물론 세후에요."

나도 사회에 나와서 알게 된 이야기이지만, 수입에는 '세전'과

'세후' 두 종류가 있다.

'세전'은 모든 것을 더한 온전한 금액으로, 흔히들 '연봉이 얼마다' 할 때 세전 금액을 말한다. '세후'는 거기서 연금이나 보험료, 세금 등을 빼고 또 빼서 불쌍하게 얄팍해진 뒤 자신의 손에 떨어지는 최종 금액을 말한다.

보통 샐러리맨이 받는 돈은 급여의 8할 정도. 다시 말해서 2할은 세금으로 사라진다. 주 5일 노동이라면 하루는 공짜로 일하는 것이다.

이 시스템에 대해서 하고 싶은 말이 태산같이 많지만, 이야기가 새니 다음 기회에 하도록 하자. 지금 중요한 것은 사오토메 씨의 연 수입이 보너스도 포함하면 1,000만 엔을 가볍게 넘긴다는 것이다.

"자랑은 아니지만, 저는 태어나서 지금까지 취미도 없고 애인도 없고 쉬는 날에 만날 수 있는 친구도 없어요."

"진짜로 자랑이 아니네요."

"밥이나 술도 혼자서 고급 가게에 들어가도 공허하기만 해서 싸고 영양가 있는 것만 먹고 있어요. 구체적으로는 두부라든가."

"맛있죠, 두부."

"된장국을 좋아해요."

"두부와 된장으로 콩 with 콩이네요."

"덕분에 정말 건강해지고 저금도 늘었어요. 그런데."

"……그런데?"

노골적으로 뜸을 들여서 순순히 되물었다.

"그걸 함께 기뻐해 줄 사람만은 팔지 않아요……!"

"뭐, 어떤 게임이든 친구는 같이 안 파니까요."

비슷한 이유로, 세상에는 넷이서 하는 보드게임을 증오하는 사람도 있다고 하고.

"하지만 이젠 무리예요. '어서 와'라는 말을 듣는 쾌감을 알아버렸으니 이제는 원래 생활로 돌아갈 수 없어요. 그러니까…… 그렇네요. 한 달에 30만. 한 달에 30만 엔으로 당신을 고용할게요."

표현이 엄청났다. 딴지를 걸면 성희롱이 되니 말하지는 않겠지만.

그나저나 월 30만 엔이라니, 지금보다 80%는 더 받는 조건이 아닌가. 게다가 업무 내용이 사오토메 씨에게 '어서 와'라고 말하는 게 전부. 이렇게 좋은 조건은 어딜 찾아봐도 없을 것이다. 오히려 너무 터무니없어서 믿을 수가 없었다. 아니, 무서웠다.

"갑자기 그런 말씀을 하셔도, 저는 지금 제 일이 있는데요."

"실례지만, 근무처는?"

"아, 말씀드리는 게 늦어졌지만 전 이런 사람인데……."

요구받은 대로 명함을 건넸다. 이 하얗고 두꺼운 싸구려 종이를 건넬 때 정해진 문구가 입에서 튀어나오는 버릇은 아마 평생 고치지 못할 것 같다는 느낌이 들었다.

"알겠습니다."

"알겠다니요?"

"오늘은 늦게까지 감사했습니다. 깨진 창문은 제가 막을게요. 그 외의 일도 아무 걱정할 필요 없어요."

"네에?"

"그럼, 편히 쉬세요."

빙긋 웃는 사오토메 씨를 넋 놓고 본 게 실패였다. 떠밀리듯이 현관에서 쫓겨난 나는 3초 뒤에 맨션의 복도에 덩그러니 남겨졌다.

아니, 그보다 대체 뭐가 걱정할 필요가 없다는 걸까. 그 말이 너무 걱정되어 어쩔 도리가 없었지만, 아무튼 오늘은 이미 밤이 너무 늦었다. 어쨌든 내일 다시 생각하기로 하고, 나는 무거운 몸을 이끌고 살풍경한 자택의 이불 속으로 파고들었다.

◆ ◆ ◆

날이 밝아 다음 날 아침.

"그럼 그렇지!"

늦잠 잤다.

충전기에 연결되지도 않았는데 알람을 계속 울려 배터리 잔량이 8%까지 떨어져 약해진 스마트폰에 표시된 시각은 AM10:24. 업무 시작은 9시이니 이미 지각 확정.

착신 이력에는 아직도 내 이름조차 외우지 않은 하야카와 과장의 이름이 나열되어 있었다.

본명 하야카와 이쿠오. 화내는 것이 자기 일이라도 되는 줄 아는지 일을 시작할 때부터 끝날 때까지 계속해서 고함을 치는 것도 부족해서 원래 자신이 해야 할 일은 다른 사람에게 떠맡기고 정시에 퇴근하는 모범적인 쓰레기 상사다. 그 외양과 탁란(托卵) 습성에 빗대어 부서 안에서는 '대머리 뻐꾸기'라는 별명이 붙었다.

나는 그런 대머리 뻐꾸기의 이름이 죽 나열된 화면을 탭 해서 통화음량을 한계까지 작게 하고 귀에 댔다.

신호음이 10번 정도 울린 뒤 (참고로 자기는 부하에게는 '한 번 울릴 때 받지 않는 녀석은 사회의 쓰레기다'라고 입버릇처럼 말한다) 통화 시작을 알리는 전자음이 울렸다.

"죄송합니다, 과장님! 지금 당장 출근할 테니 1시간, 아니 자비로 택시를 탈 테니 30분만 유예를······!!"

"아아, 마츠모토. 너 말이야, 이제 안 와도 돼."

내 말을 가로막고 한 대답에 눈앞이 캄캄해졌다.

이제 안 와도 돼.

일본에서 그 말이 시사하는 뜻은 하나밖에 없다.

"아니, 오지 마세요. 저에게도 가족이 있습니다. 절대로, 두 번 다시, 이 회사의 문턱을 넘지 마세요."

······응?

뭔가 이상하다. 잘린 건 틀림없는 것 같은데, 과장의 목소리가 이상할 만큼 절박했다. 비유하자면, 만원 전철에서 복통에 시달리는 사람 같았다.

"저기 과장님, 그게 무슨 말인지……."

"내가 설명하지."

전화기의 목소리가 바뀌었다. 이 쓸데없이 거만하고 굵은 목소리, 들은 적이 있다.

"……사장님?"

"음."

매일 아침 노동이 얼마나 감사한 것인지에 대해 이야기하는 테이프를 억지로 듣고 있어서 금방 알아차렸다. 내가 다니는 회사의 대표이사, 쿠치키 사장이다. CD보다 카세트테이프가 진심이더 잘 전해진다는 지론을 가지고 있는 사람이다.

"왜 사장님이……."

"하야카와 군에게 맡길 생각이었지만, 배를 부여잡고 화장실로 달려가 버려서 말이네."

진짜로 배가 아팠던 거냐! 마음속으로 딴지를 걸었지만, 지금은 과장의 배 상태 따위는 아무래도 좋았다.

"그래서 전 어떻게 됐나요?"

"하야카와 군이 말한 대로야. 자네는 헤드헌팅을 받아 오늘부로 그쪽으로 전직하게 되었어."

'되었다'니. 본인의 의사는 어디로 간 거냐.

"저기, 무슨 말씀을 하시는지 잘 이해가 안 되는데요."

"안심하게, 나도 뭐가 뭔지 모르겠으니. 딱 하나 확실한 것은 자네를 주는 대가로 우리 회사가 시작된 이래로 유례가 없는 큰 거래가 성사되었다는 것뿐이야. 고마워, 마츠모토 군."

인신매매. 노예거래. 인신공양.

그런 단어가 내 머릿속을 빙빙 돌았다.

"그래서 저의 새로운 근무처는 어딘가요?"

"그건 나중에 상대방 측에서 연락할 거야. 그러니 자네는 이제 우리 회사의 사원이 아니네. 혹시라도 이곳에 미련이 남았다는 인상을 주면 곤란하니 우리 회사 반경 5km 이내에는 접근하지 말게나. 그럼 잘 가게 마츠모토 군. 자네를 잊지 않겠네."

"어, 저기 사장님? 여보세요 사장님?! 어이, 무슨 소리야!"

일방적으로 통화가 끊긴 스마트폰에 말을 걸어 봐도 돌아오는 것은 배터리 잔량 부족을 경고하는 전자음뿐이었다.

"그보다 내 이름은 마츠모토가 아니라 마츠토모라고 몇 번을 말해야 해……."

이름도 기억 못 하는데 잊지 않는다는 말이 대체 무슨 의미가 있나. 이름을 정확하게 불러준 사람은 한 살 아래인 후배 정도밖에 없는 것 같다.

나는 왠지 온몸에서 힘이 빠져 힘없이 벽에 기댔다.

"……짐작 가는 이유는 하나뿐이군."

어제 이웃집 사람과 나눈 대화가 떠올랐다. 그 말은 심야의 감성으로 튀어나온 농담이거나, 아니면 그 자체가 꿈이었던 게 아닐까 하고 생각하고 있었는데.

하지만 그것이 틀림없는 현실이라는 것을 바닥에 굴러다니는 쇠지레와 울리기 시작한 인터폰 소리가 알려주고 있었다. 서둘러 일어나 현관문을 열었다. 눈부셔서 가늘게 뜬 눈에 어젯밤에 내린 비가 거짓말처럼 느껴지는 푸른 하늘과 순백의 블라우스가 이루는 색 대비가 보였다.

"안녕하세요."

"네, 안녕하세요…… 아니, 이거 사오토메 씨의 소행인가요?!"

"말했잖아요, 아무 걱정할 필요 없다고."

어제와는 완전히 다르게 정장을 쫙 빼입은 사오토메 씨가 자신만만하게 웃었다. 아무래도 이게 업무 모드의 그녀인 듯했다.

"대체 뭐죠? 진심으로 절 고용할 생각인가요?"

"어제 그렇게 말했으니까요. 물론 정식으로 고용계약도 맺을 거예요. 이런저런 사무 절차는 회사가 처리할 테니 맡겨주세요."

사오토메 씨는 회사에 자신을 위한 복리후생의 일환으로 그런 요구를 했다며 살짝 우쭐한 얼굴로 그렇게 말했다.

"이젠 화낼 생각도 안 드네……."

"그렇게 됐으니 일단 한 번 해봐요. 아, 저는 미오라고 불러주세요. 사오토메 미오에요."

나는 그대로 집에서 끌려 나와 옆집인 사오토메 씨의 집으로 밀려 들어갔다.

그리고는 그대로 문을 닫더니 문 앞에서 멀어졌다. 소리로 헤아리건대 엘리베이터로 아래까지 내려갔다가 다시 올라올 작정인 듯했다.

"다녀왔습니다, 마츠모토 씨!"

"……어서 오세요, 미오 씨."

이리하여, 나는 겨우 7시간 만에 이직이 성사되었다.

이직처, 사오토메 미오 씨.

업무 내용, 집에 돌아온 미오 씨에게 '어서 오세요'라고 말하는 것.

정식 근로 계약을 맺고 이루어진 고용이며 한 달 보수는 30만 엔. 게다가 직장은 옆집.

일단 겉보기에는 어디에도 흠잡을 데가 없는 최고의 일이었다. 딱 하나, 해야만 하는 말이 딱 하나 있다고 한다면.

"제 이름은 마츠토모예요!"

내가 미오 씨에게 헤드헌팅——이라기보다는 물리적으로 헌팅당한 지 1주일이 지났다. 아직 짧은 기간이지만, 내 고용주이자 옆집 누나인 미오 씨에 대해서 몇 가지 안 사실이 있다.

"그 건은 담당인 사다에게 일임했습니다. 네, CC로 주신 메일도 체크했으니, 저도 진척 상황은 파악하고 있습니다. 사다도 작년의…… 네, 그 프로젝트를 이끈 실적이 있는 부하입니다. 부디 안심하고 맡겨주십시오."

본명은 사오토메 미오 씨. 나이는 28세이며 어딘가의 회사에서 마케팅을 담당하고 있다. 규모는 작지만, 힘과 실적이 있는 회사이며 대기업을 끌어들인 대형 프로젝트를 몇 개나 추진하고 있다는 모양이다.

그런 회사에서 활약하고 있는 만큼, 아침에 커피를 마시면서 스마트폰으로 통화하는 모습도 그럴싸했다. 느닷없이 걸려온 거래처와의 통화를 끝내고 전화를 끊으니 미오 씨는 손에 쥔 머그컵을 두고 어깨를 으쓱였다.

"커피, 식어버렸어."

"그럴 줄 알고 새 걸 준비해뒀어요."

"역시. 고마워."

미오 씨는 전체적으로 화장을 옅게 하는데 아이 메이크업만은 약간 짙게 했다. 마케팅이라는 전장에서 연상의 상사와 거래처에 얕보이지 않기 위한 '칼'이라고 한다.

그런 칼날 같은 눈빛을 풀고 커피를 받아드는 모습은 마치 현대의 여기사와 같았다.

"그럼, 슬슬 나가지 않으면 오늘 안에 정리가 안 되겠네."

"네, 조심해서 다녀오세요."

"다녀오겠습니다."

맨션 복도에 힐 소리를 울리며 나간 미오 씨를 배웅하고 일단 한숨을 돌렸다.

아침은 먹지 않는다는 미오 씨에게 커피를 끓여주고 '다녀오세요'라고 말해주는 것도 업무의 일환이다.

배웅하지도 않았는데 마중하는 건 이상하지 않은가. 일주일 전, 내가 그렇게 말했을 때 미오 씨가 '파앗' 하고 밝은 효과음이 날 것 같은 표정을 지은 건 지금도 잘 기억하고 있다.

"그럼~. 기다려라, 바닥!"

두 명분의 머그컵을 씻어서 내용물이 늘어난 찬장에 돌려놓고 거실로 걸음을 옮겼다.

'기다려라, 바닥'이라는 말을 입에 담을 날이 올 거라고는 생각도 못 하고 있었지만, 지금의 나는 폐기물에 감춰진 바닥과의 해후를 마음속으로 기대하는 한 명의 사랑에 빠진 남자라고 해도 과언이 아니었다.

"굴러다니던 페트병을 어제까지 처리했으니 말이지……. 오늘은 책이 들어있는 박스를 정리하자."

미오 씨에 대해 알게 된 것, 그 두 번째. 위생 관념이 어긋나 있었다.

그날 밤에는 쓰레기통인 줄 알았던 방도 밝을 때 잘 보니 곰팡이는 없었고 악취도 나지 않았다. 빈 두부 팩이나 음식물 쓰레기 등은 '비위생적이라서' 부지런히 처분한 덕이었다. 그러는 한편으로 다 마시고 뚜껑을 닫은 페트병과 불필요한 광고우편, 풀지 않은 이삿짐 등은 바닥에 내버려 두고 있었다.

왜냐하면 '더럽지 않으니까'.

'그 왜 페트병의 'PET'는 폴리에틸렌 테레프탈레이트잖아? 인체에 해가 없고 표면에 곰팡이도 안 피니까 잠깐 둬도 괜찮지 않나~ 싶어서……'

이 말은 4일 전에 본인이 한 변론이다. 이런 모습과 아까 봤던 업무 모드의 미오 씨 사이에서 느껴진 갭에 뇌가 살짝 비명을 질렀다. 하지만 미오 씨의 주장이 어떻든 간에 방의 주인인 인간이 박스와 페트병 틈에서 생활해야 할 이유는 없다.

"그럼 제가 청소할까요? 시간은 팔아도 될 정도로 많으니까요."

"으에?!"

새로운 직장에서 처음으로 하는 제안이 건강하고 문화적이고 최소한의 생활을 영위하기 위한 일일 줄은 미처 몰랐다.

"마, 마음은 기쁘지만 말이야 마츠토모 씨? 공과 사는 나눠야 하지 않을까? 그 왜, 역시 남자가 만지고 싶지 않은 것도 있을 테고……."

"알겠나요, 미오 씨."

"뭐, 뭐가?"

"여기는 미오 씨의 집이지만, 동시에 제 직장이기도 하죠?"

"예? 그, 그렇지요."

"전 고용계약을 맺은 종업원이죠?"

"네."

"종업원이 직장 환경을 개선하는 것은 권리이자 의무입니다."

"아바바바바바."

알게 된 것 그 세 번째. '아바바바바'라는 소리가 무엇인지는 미오 씨 본인도 잘 몰랐다.

"다행히 이사업자가 상자에 뭐가 들었는지 써줬어요. 프라이버시에 관련된 물건에는 손대지 않을게요."

"알겠습니다……."

이리하여 물리적으로도 통풍이 잘되는 직장을 만들기 위한 나의 노력이 시작되었다. 하루 이틀로 정리될 양이 아니라서 나흘이 지난 오늘도 마룻바닥은 그 모습을 보여주지 않았다. 한동안은 이 작업이 이어질 것 같다.

그리고 알게 된 것 그 네 번째……는 이미 정보가 상당히 새어 나갔지만 일단 말해두겠다.

"응, 슬슬 돌아올 땐가."

'딩~동'

바닥의 봉인 해제가 일단락된 뒤에는 집으로 돌아가고, 다음은 저녁 5시에 사오토메 씨의 집으로 '출근'하게 되어 있다. 미오 씨는 5시가 정시 퇴근 시간이니 그때부터 기다리고 있으면 늦을 일은 없었다.

일주일 동안 이 일을 하고 있으니 대략적인 귀가 시간도 차차 알게 되었다. 모처럼 저녁을 준비한 오후 6시 정각, 인터폰이 울렸다.

"다녀, 왔습니다……?"

"어서 오세요."

"다, 다녀왔습니다!"

"네, 어서 오세요. 오늘 하루도 고생 많았어요."

"있어, 마츠토모 씨가 있어……!"

"물론 있죠. 이게 일이니까요."

"그렇지! 일이니까 있는 거지! 일이라서 다행이야!"

"하하하……."

다시금 알게 된 것 그 네 번째. 사생활 속의 미오 씨는 커뮤니케이션이 서툴고 외로움을 잘 타는 데다가 사고방식이 약간 부정적이다. 직장에서 돌아와 문 앞에 설 때마다 오늘에야말로 아무도 없는 게 아닌가 싶어 불안하다는 이야기를 매번 하고 있다.

"왜 이렇게 됐을까……."

한마디로 말하자면 극도의 인간불신이다. 이렇게 미인에 일도 잘하는 사람인데.

"왜 그래~?"

그리고 일 때문에 지쳐있으면 정신연령이 조금 내려간다.

"아아 아뇨, 누군가가 돌아오는 집은 참 좋구나~ 싶어서요."

아무래도 대놓고 할 만한 말은 아니기에 얼버무리니 미오 씨는 무언가를 떠올리듯이 '음~' 하는 소리를 내며 왼쪽 위를 바라봤다.

"저기 저기."

"네, 뭔가요?"

"이 세상에는 결혼하기 전부터 같이 사는 커플이 잔뜩 있잖아."

"네 네, 동거 말이죠."

나하고는 연이 없어서 잘 모르지만.

"그거, 참 신기하지 않아~?"

"예? 뭐가요?"

"상대가 입으로 '좋아한다'라고 말했을 뿐인데 어떻게 자기 집에 방목할 수 있는 걸까? 정말 신기해……."

"방목……."

"나갔다가 돌아왔더니 도망가고 빈집만 남아있으면 어떻게해? 나중에 소송을 걸어도 못 이긴다고?"

퇴행한 듯해도 사고방식은 변하지 않으니 통 영문을 알 수가 없었다. 솔직히 난 이런 미오 씨의 체질이 훨씬 더 신기했다.

"그게 신뢰라는 게 아닐까요?"

"신뢰……."

"네 네, 신뢰관계."

"신뢰 따위, 신뢰 따위……! 오늘도 그 제조사의 과장이! 반년도 더 전부터 접근한 건 그쪽인데!!"

이런, 말실수했다.

"자자, 자기 집 현관에 서서 이야기하는 것도 이상하니까 들어오세요. 밥이라도 먹으면서 천천히 들어줄게요."

"밥!"

"오늘은 돼지고기 생강구이에요."

"된장국은?"

"두부와 유부를 넣어서 콩 with 콩 with 콩이에요."

"와~."

전 직장이 악덕 기업이었던 탓에 한동안 부엌에 설 일이 없었지만, 학생 시절에는 4년에 걸쳐서 자취해온 몸이다. 시간과 예산만 있으면 평범한 가정요리 정도는 레퍼토리를 돌려가면서 만들 수 있다.

무엇보다 미오 씨는 내가 만드는 요리를 정말로 기대해주기에 나도 만드는 보람이 있었다. 종업원의 의욕을 끌어낸다는 점에서는 정말 좋은 고용주라고 생각한다.

"옷 갈아입고 올게!"

"네 네."

"도와줘!"

"안 됩니다."

원래 응석을 잘 못 부리는 탓인지 이따금 갑자기 반동이 튀어

나올 때가 있어서 방심할 수 없다는 게 난점이라면 난점이지만…… 아무리 내용물이 유아라도 E컵 가슴은 퇴행하지 않는다.

물론 나도 한 명의 남자이니, '다 차려놓은 밥도 못 먹는 것은 남자의 수치'라는 말을 부정할 생각은 없다. 하지만 그 밥상이 어린이를 위한 어린이 런치라면, 먹는 녀석이 악마다.

"자, 밥이 기다리고 있어요."

"네~……."

풀이 죽어서 자신의 침실로 향하는 미오 씨를 보며 나는 부엌으로 향했다. 밥솥의 보온을 끄고 된장국이 담긴 냄비를 불에 올리니 저녁밥다운 향기가 집에 넘쳐흐르기 시작했다.

이제부터 평화로운 저녁 식사가 시작될 것이라고 나도, 아마 미오 씨도 그렇게 믿고 있었다.

◆ ◆ ◆

"……………………………………아냐, 없어, 없어."

부엌에 서 있는 내 시야의 구석으로 무언가가 가로질러 간 듯한 느낌이 들었다.

구체적으로는 까맣고 작고 재빠르고 원시적인 공포를 불러일으키는 열대 원산에 절지동물문 곤충강 망시류로 분포되어 있을 법한 무언가가.

"아니아니아니아니, 없어없어없어없어."

기분 탓이라고 생각하며 웃어넘기려 했지만, 틀림없이 거기에 '있다'라는 강렬한 기척을 느꼈다. 인간이 돌창을 쥐고 산과 들을 뛰어다니던 시절의 머나먼 기억이 경보를 울리고 있었다.

"좋아, 침착해. 이럴 때는 우선 상황정리를 하는 거다."

내 손에는 그릇과 국자. 가스레인지에는 두부와 유부를 넣은 된장국에서 김이 솟아오르고 있었고, 국물의 향기가 식욕을 자극했다.

밥솥에는 반들반들하게 다 지어져 뜸 들이고 있는 백미가 있었고, 싱크대 옆에는 생강 소스에 재워둔 삼겹살이 통에 담겨있었다. 슈퍼에서 산 기성품 소스에 술과 생강을 더하고 맛을 돋우기 위해 마요네즈를 아주 살짝 더한 특제품이다. 이제 프라이팬으로 지글지글 굽기만 하면 뜨거운 돼지고기 생강구이가 완성된다.

거기서 시선을 더 앞으로 옮긴 곳에는 냉장고. 사오토메 씨가 누군가와 생활하는 날을 꿈꾸면서 산 건지 아닌지 모를 300L의 큰 냉장고에는 곁들여 먹을 가지절임과 디저트인 푸딩이 들어있다.

그리고 그 너머의 벽에는 5cm가 안 되는 검은 그림자……

"뎃푸우우우우."

자신도 뭔지 모를 소리가 튀어나왔다. 미오 씨에게 뭐라고 할 처지가 아닐지도 모르겠다.

"큭, 방의 상태를 봤을 때부터 혹시나 했는데!"

저 검은 악마는 박스에 숨어서 일본 전토로 생식 영역을 넓혔다는 내용을 관련 서적에서 읽은 적이 있다. 대량의 박스를 방치하고 있었던 미오 씨의 방에 눌러앉은 녀석이 있어도 이상할 게 없다.

"냉정해라, 마츠토모 유우지. 살충제는 이미 낮에 찾았다. 지금 무방비한 녀석에게 쏘면 어렵지 않게 맞출 수 있을 거다. 하지만 장소는 부엌, 시간은 식사 시간. 스프레이류는 사용할 수 없다."

즉, 결론은 하나.

"방법이 없어."

방법이 없어. 뇌와 입이 연동될 정도로 방법이 없었다.

아니 잠깐, 아직이다. 나 혼자라면 정말 방법이 없겠지만, 이 집에는 사람이 한 명 더 있다. 보통 사람과는 조금 다른 위생 관념을 가진 그녀라면, B를 봐도 멀쩡할지도 모른다. 여성에게 의지하는 것도 좀 그렇지만 그녀를 부르는 것 외에는 방법이 없었다.

"미오 씨──"

"훠~우!!"

콰앙!!

내가 돌아보자마자 침실의 문이 굉음과 함께 벌컥 열리면서 미오 씨가 튀어나왔다.

그, 뭘까, 정식 명칭은 모르겠지만 키아누 리브스나 스티븐 시걸이 창문을 깨면서 뛰어들 때 취할 것 같은 포즈였다.

덧붙이자면 미오 씨는 옷을 갈아입는 중이었다.

"위, 아래 깔 맞춤!"

위, 아래 모두 하늘색이었다. 자연스러운 느낌이 조금 좋았다.

그건 그렇고 등장이 너무 빠르지 않나. 내가 부르기 전에 나온 것 같은데. 무엇보다 미오 씨는 아무리 피로해도 속옷 차림으로 훌쩍 나오지 않는다. 적어도 이제까지는 단 한 번도 없었다.

그런 의문들은 미오 씨를 따라서 침실에서 기어 나온 한 마리의 빠르고 검은 질풍이 한 번에 날려줬다.

"큭, 협공이라니⋯⋯!"

즉, 미오 씨도 저 녀석과의 싸움으로 여기까지 쫓겨났단 의미다. 한 마리 있으면 30마리는 있다는 소문을 가진 적이지만, 설마 동시 공격을 펼칠 줄은 상상도 못 했다.

닥쳐오는 검은 용으로부터 도망치듯이 내가 있는 방향으로, 그, 정식 명칭은 모르겠지만 브루스 윌리스 같은 사람이 권총으로 싸울 때 나올법한 액션으로 바닥을 데굴데굴 굴러온 미오 씨는 내 발치에서 그대로 움직임을 멈췄다.

"미오 씨! 일단 물어보겠는데 'B'는 무서워하지 않는 편인가요?!"

"아바 퀴 바퀴 바바바아바바퀴바."

"틀렸다, 이미 버그에 걸렸어! 어서 재부팅 해주세요, 미오 씨! 웬만한 오류는 그걸로 고쳐져요!"

"바바바퀴퀴아바바바바바."

안타깝게도 미오 씨에게 재부팅 프로그램은 탑재되어 있지 않은지 내 허리에 매달려 떨면서 뭔지 모를 말을 하고 있었다. 똘망똘망한 눈동자에 어린 눈물이 내 최후의 희망이 그 자리에서 사라졌다는 것을 여실히 이야기해주고 있었다.

레이스가 달린 속옷을 입은 미오 씨가 허리에 들러붙었다. 평소 같으면 이성을 파괴할 수 있는 사태지만, 지금은 서로에게 그런 여유는 없었다.

그러고 있는 동안 냉장고 옆의 벽에서 조용히 지켜보고 있던 적도 이쪽을 향해 진군을 시작했다.

"이제 다 틀렸나……. 이런 소리만 하고 있을 순 없지."

나 혼자였다면 포기했을 것이다. 따뜻한 저녁밥도, 모처럼 꺼낸 여름옷과 책도, 사용한 흔적이 없는 2인용 소파도, 전부 버리고 밖으로 피난했을 것이다. 그리고 분명 약국으로 달려가 연기가 나오는 타입의 살충제를 사서 현관으로 살짝 밀어 넣었을 것이다.

하지만 지금의 나는 사오토메 미오의 이웃이자 종업원이다.

E컵이 흔들리는 속옷 차림의 미오 씨를 데리고 밖으로 도망칠 수도 없고, 두고 가는 것은 더더욱 말이 안 되는 이 상황. 마츠토모 유우지, 남자로서 각오를 다지는 수밖에 없다.

"후————……!!"

각오를 굳히자 뜨거웠던 머리가 단번에 식었다.

그렇다. 녀석은 어차피 독도 없고 엄니도 없는 한낱 벌레일 뿐이다. 냉정하게 생각하면 아무것도 두려워할 것이 없었다. 화성까지 가지 않으면 진화할 수 없는 낡아빠진 곤충*에게 최신예 호

---

* '테라포마스'라는 만화에서 인간이 화성을 테라포밍하기 위해 이끼와 바퀴벌레를 풀어놓는데, 바퀴벌레가 엄청난 속도로 진화를 이루어내어 테라포밍의 경과를 확인하기 위해 화성에 온 인간을 몰살한다

모 사피엔스가 뒤질 리가──날았다날았다날았다날았다날았다
날았다날았다날았다날았다날았다날았다날았다날았다날았다날
았다날았다날았다날았다날았다날았다날았다날았다날았다날았
다날았다날았다날았다날았다날았다날았다!!!

"날았다!"

"날았다!!"

정신을 차리니 나는 미오 씨를 안고 방 안을 뛰어다니고 있었
다. 미오 씨의 '아바바바바바'라는 비명(?)만이 머릿속에 울려 퍼
졌다.

물건을 두는 곳으로 변해버린 2인용 테이블을 걷어차고, 존재
하지 않는 동거인 대신 하얀 여우 인형이 앉아 있는 의자를 쓰러
뜨리고, 텔레비전은 아무래도 고가이니 피하는 냉정함을 보여주
면서 2LDK 방을 종횡무진 뛰어다녔다.

이 일은 나중에 「미오 씨에게 '어서 오세요'라고 말하는 일」에서
처음으로 발생한 산업 재해로 기록되었지만, 그것은 또 다른 이
야기다. 재발 방지책은 추후에 결정하기로 했다.

참고로 B는 부엌에서 떨어진 곳에서 스프레이를 뿌렸더니 죽
었다.

◆ ◆ ◆

"심호흡이에요 미오 씨. 인간은 재부팅은 못 하지만 심호흡으

로 침착해질 수 있어요. 자 들이쉬고~."

"습~~ 콜록 콜록."

이런, 아직 살충제가 다 환기되지 않았다.

약제 냄새에 콜록거린 미오 씨의 눈에서 눈물이 뚝뚝 떨어졌다.

"엎친 데 덮친 격이네……."

"우에, 우에에에에엥."

"아아아, 울지 마세요. 자, 푸딩이 있어요, 푸딩."

"푸딩……."

"푸딩 좋아하죠?"

"좋아……. 그렇지만 밥 먹기 전에 단 걸 먹으면 안 돼. 먼저 밥
먹을래."

"참을 수 있으니 훌륭해!"

일에 지치면 정신연령이 낮아진다는 것은 일찍이 알아차리고
있었지만, 아무래도 심리적인 스트레스에 반응하고 있는 듯했다.

알몸으로 도망 다니는 상황에서 하늘을 나는 검은 악마가 눈앞
3cm 앞을 스쳐 지나갔다. 그 절망적인 공포감이 결국 미오 씨를
전에 없을 정도로 유아퇴행 시켰다.

"배고파……."

"그렇네요. 방은 나중에 천천히 정리하고, 우선은 밥 먹어요."

거실은 파괴의 손톱자국이 남아있는 옛 싸움터로 변해있었지
만, 얄궂게도 B가 나타난 부엌과 침실은 거의 탈이 없었다. 내일
까지 생활하는 데 지장은 없을 것이다. 초콜릿색 스웨트셔츠를

입힌 미오 씨를 식탁에 앉히고, 된장국과 밥을 차린 뒤에 프라이팬을 불에 올렸다.

"역시 돼지고기 생강구이는 금방 구운 게 제일이죠~."

"아, 맞아……."

생강구이에 사용하는 고기는 얇은 돼지고기다. 소스의 맛을 잘 흡수해서 흰 밥과 궁합이 좋지만 빨리 식는다. 지글지글 소리가 날 정도로 뜨겁고 탱글탱글한 비계가 매력인 돼지고기 생강구이에 있어서 치명적인 결점이다.

그러나 나는 구워낸 그 순간부터 가속도적으로 본연의 맛을 상실하는 생강구이에 대한 하나의 해답을 알고 있다.

"상을 전부 차리고 구워낸 그 순간에 먹는다!"

치이이이이이익!

시판 소스에 술과 생강을 넣고 맛을 돋우기 위해 마요네즈 살짝 첨가한 특제 소스. 약간 탁한 소스에 재워둔 돼지고기를 큰 프라이팬에 투입했다. 그 순간, 빈틈없이 정렬된 고기들이 지글지글 육즙을 튀기며 춤췄다.

얇게 자른 고기는 한순간에 다 익는다. 곧바로 조리용 젓가락을 휘둘러 고기를 뒤집었다.

그리고.

"마무리 일격!"

고기를 재워뒀던 국물을 투입.

가열된 간장과 설탕이 발산하는 향기는 환풍기 따위로는 억제

할 수 없다. 부엌 주위는 금세 식욕을 자극하는 향기에 감싸였다.

"흐아아아아아아."

식탁 쪽에서 미오 씨의 녹아내리는 듯한 목소리가 들렸다.

"좋아, 지금이다!"

프라이팬째로 불에서 내려 식탁으로.

중앙에 떡하니 자리 잡은 둥근 접시에 기름이 튀는 돼지고기 생강구이를 투입했다.

"빠, 빨리! 빨리!"

"네네네네!"

미오 씨가 나를 재촉할 것까지도 없이 주방으로 돌아가 빈 프라이팬을 냄비 받침 위에 올렸다. 그대로 뒤돌아서 식탁으로 갔다. 나는 목제 의자에 앉아서 미오 씨와 함께 손을 모았다.

""잘 먹겠습니다!""

최고의 순간을 맞이한 돼지고기 생강구이. 그 절정의 맛을 안 것은 학생 시절의 일이다.

아르바이트하는 곳의 선배가, "넌 진짜 돼지고기 생강구이를 몰라" 하고 만화에 나올법한 말을 하면서 만든 것이 이 돼지고기 생강구이인데, 정말 대단했다.

나는 한 입 먹고 '뫄시이이있~~~~어!!'* 라며 만화 같은 리액션을 하고, 선배의 제자가 되어 만드는 법을 배웠다.

---

*'죠죠의 기묘한 모험–다이아몬드는 부서지지 않는다'의 등장인물 니지무라 오쿠야스가 토니오 트루사르디의 요리를 먹고 감탄할 때 나온 대사

특별한 재료나 도구를 사용하는 것이 아니다. 주의 깊고 신중한 계량과 정밀한 시간 관리에 따른 완벽한 조리가, 오직 그것만이 모든 돼지고기 생강구이를 초월하는 열쇠가 된다. 나는 적어도 이것을 넘어서는 돼지고기 생강구이를 본 적이 없다.

"응, 오랜만에 만들었지만 잘 됐어."

물론 미각은 사람마다 다르다. 내 입에 맛있다고 하더라도 미오 씨의 입에 맞을지는 모르──

"똬시이이있~~~~어!!"

──마음에 든 모양이다.

"맛있어, 맛있어 마츠토모 씨!"

"꼭꼭 씹어서 먹어야 해요."

"맛있어 맛있어. 정말 맛있어."

"이봐요, 한 번에 먹으면 버릇없어요."

"맛있어 맛있어."

미오 씨의 어휘력이 죽었다.

"맛있어어~."

확실히 오늘 만든 돼지고기 생강구이는 내가 보아도 만족스러웠다. 전 직장에서 일하면서 생긴 공백 기간을 미오 씨에게 먹인다는 일념으로 극복한 걸까. 그런 일이 현실에 있을 수 있겠냐는 의문이 들었지만 실제로 그러니 어쩔 수 없다. 현실은 소설보다 기묘하다는 말이 딱 맞았다.

"역시 둘이서 먹는 저녁은 참 좋네요. 이번 일주일 동안 절실하게 느꼈어요."

"그렇네."

미오 씨는 몸집이 약간 작지만 1인분은 꼭 먹어준다. 뜨거워서 하흐하흐 소리를 내면서 돼지고기 생강구이를 입 안 가득 넣고 먹는 모습을 보여주니 정말 만들어주는 보람이 있는 사람이다.

"오늘로 저녁밥을 만든 지 일주일이 됐는데, 미오 씨는 어떤 게 제일 좋았나요?"

"이거!"

돼지고기 생강구이를 가리켰다.

"그런가요. 다행이네요."

참고로 매일 똑같은 걸 물어보고 매번 같은 대답을 듣고 있다. 뭘까, 이 루틴은.

기뻐해도 될 일인지 고민하는 나를 제쳐두고, 자기 몫을 거의 다 먹은 미오 씨의 관심은 이미 식후로 넘어가 있었다.

"저기~ 저기~, 밥 다 먹고 푸딩 먹으면 우노 하자~."

"우노라. 그거 또 그리운 게임이네요."

혼자서는 못 하는 게임을 가지고 있구나……

"마츠토모 씨 그거 알아~? 드로우 투에 드로우 투를 더해서 반격하는 건, 사실은 하면 안 된대."

"아아, 들은 적 있는 것 같네요."

전에 다니던 직장에 있었을 시절에 후배와 이야기할 때 그런 말을 들은 것 같다. 두피에서 털이 도망간 과장이 방해해서 끝까지 듣지는 못했지만, 그런 내용이었을 거다.

잘 지내려나, 그 녀석. 머리는 나쁘진 않지만, 융통성이 없어서 조금 걱정인데.

"그 규칙으로 하자~."

"궁금하긴 하지만 이미 밤도 늦었어요. 바…… 아니, 검은…… 산업 재해 때문에 식사가 늦어졌으니까, 목욕하고 나오면 바로 이불로 들어가요."

"에~."

"에~ 가 아니에요."

"오~."

"오~ 도 아니에요."

"카~."

"키~."

"쿠~."

"케~."

"코~."

"네, 미오 씨가 먼저 웃었으니까 졌어요."

이런 뇌가 녹아내릴 것 같은 놀이가 존재할 리가 없지만, 이런 건 먼저 말한 사람이 이기는 법이다. 마뜩잖아도 반론하지 못하는 미오 씨는 뭔가 생각해냈다는 듯이 손뼉을 쳤다.

"그럼 같이 목욕하자!"

"안 됩니다."

그런 짓을 했다간 이성이 날아간다.

지금의 미오 씨를 상대로 이성이 날아가 버리면 평생 사라지지 않는 성벽을 짊어지고 살아야 할 것 같은 느낌이 들었다.

"치~."

"돼지를 먹었다고 돼지가 되면 안 돼요. 다 먹었으면 정리할게요."

"네~."

목욕하고 나오면 같이 자자고 말을 꺼내겠지. 나는 폐허가 된 거실을 위험하지 않을 정도까지 치울 방법을 생각하면서, 빈 식기를 쌓아나갔다.

이렇게 긴 밤도 어떻게든 수습이 되었고, 나의 새로운 직장에서의 일주일은 막을 내렸다.

내일은 휴일인데, 무엇을 할까.

제 2 화 ┃ '사오토메 씨는 키우고 싶어'

　오늘은 토요일. 휴일이다.

　어쩐지 일과 사생활의 경계가 모호한 일자리지만, 「미오 씨에게 '어서 오세요'라고 말하는 일」도 고용계약이 존재하는 어엿한 일이다. 따라서 법률에 따라 휴일이 정해져 있다. 그것도 '완전한' 주휴 2일제.

　전 직장에 취직했을 때 '주휴 2일'의 마법에 걸려 고통을 겪은 걸 떠올려 긴장하고 있었던 것도, 지금 생각해보면 완전히 웃음거리가 될 만한 이야기였다.

　완전하지 않은 주휴 2일에 대해서는 법률까지 얽히게 되니 자세히는 말하지 않겠지만, 구체적인 숫자로 말하자면 2020년 6월의 주휴는 총 '8일'이고 전 직장은 '5일(이상)'이었다. 이걸로 그 차이가 얼마나 큰지 잘 알 수 있을 거다.

　요약하자면 한 달에 이틀 쉬는 주가 한 주만 있어도 된다는 의미다. 즉 토요일을 쉬는 건 한 달에 한 번뿐이다. 이게 바로 주휴 2일의 마법이다.

　"자, 이제 곧 '축제'의 시간이군."

　그러나 그렇게 휴일이 예상보다 적어 질렸던 것도 옛날 일.

　완전한 주휴 2일제가 된 나에게는 무한에 가까울 정도의 시간이 남아돌고 있었다. 미오 씨의 회사에 맞춰서 토요일과 일요일을 휴일로 정한 덕분에, 이렇게 토요일 아침부터 버라이어티 방송의 실황 게시글만 보고 내용을 추측하는 취미에 몰두할 수 있었다.

이번 주는 어째 사람과 이야기할 때는 신경 쓰이지 않았던 자신의 발언이 다음 날쯤 되면 엄청난 실언이었다는 생각이 들기 시작해서 엄청나게 후회하는 현상에 대해 검토하고 있는 것 같았다. 그렇군, 나에게도 이런 경험이 있다. 확실하진 않지만, 대화 중일 때와 그렇지 않을 때 스트레스와 관련된 호르몬이 다르게 나오는 것이 원인이라는데…….

굉장하군. 실황 게시판 거주민들이 과거의 실언을 떠올리고 아비규환에 빠지고 있다. 가장 중요한 방송의 내용을 전혀 알 수 없을 정도의 참상이다. 내용 예상을 그만두려야 그만둘 수가 없다.

"후우, 알찬 토요일의 시작을 맛보고 말았어."

평일도 집에서 보내는 시간이 길어졌지만, 역시 휴일은 특별한 느낌이 있었다. 그리고 아무리 외로움을 잘 타는 미오 씨라도 만난 지 일주일 정도밖에 안 된 남자가 매일 집에 있으면 곤란할 것이다.

분명 가끔은 조용히 혼자만의 시간을 보내고 싶은 날이 있을 것이다.

'딩~동'

"마츠토모 씨, 있어?"

오늘은 아닌 모양이었지만.

"미오 씨? 아침부터 웬일인가요?"

"쉬는 날에 미안해. 얘기하고 싶은 게 좀 있어서."

현관 앞에 있는 사람은 스웨트셔츠가 아니라 티셔츠에 숏 팬츠를 입은 미오 씨였다. 하얀 허벅지가 아침 햇살에 비쳐 눈부셨다.

"뭔가요? 신경 쓰이는 것이라도 있나요?"

"응, 조금. ……어젯밤 일로."

"……어젯밤엔 좀 어수선했죠."

아니, 미오 씨.

지금 자연스럽게 고개를 끄덕였는데,

그 얘기를 할 생각인가요, 미오 씨?

나와 미오 씨 사이에는 어떤 암묵적인 이해가 있다.

사람은 보통 자신이 유아퇴행에 빠진 모습을 다른 사람에게 보여주고 싶지 않을 것이다. 하지만 이 이야기는 그게 전제로 깔리고 만다.

나도, 미오 씨도 성인이고 사회인이다. 밤에 있었던 일은 아침에 입 밖으로 꺼내지 않는다. 그런 불문율이 어느샌가 나와 미오 씨 사이에 생겨나 있었다. 그런데 미오 씨가 그것을 깨러 온 것이다. 이 일을 시작한 이래로 유례가 없는 대사건이었다.

역시 속옷 차림으로 나에게 안긴 것은 무시할 수 없었나.

"그래서 어제 하던 얘기를 계속하겠는데."

"아, 네."

미오 씨는 무의식적으로 허리를 쭉 편 나를 보며 숏 팬츠의 주머니에서 뭔가를 꺼냈다.

검은 바탕에 노란 로고가 들어간 상자에 담긴 그것은.

"우노 안 할래?"

모두가 정말 좋아하는 우노였다.

"그쪽이었나요. 어제 이야기라는 게 그쪽이었나요. 그렇게 드로우 투 중복 금지 규칙으로 하고 싶었던 건가요."

"……농담이야."

아니, 진심이었잖아요? 눈썹이 아래로 처졌잖다고요.

아침 모드라고 해도 어쨌든 미오 씨는 미오 씨였다.

"뭐, 우노는 한번 시작하면 3시간은 멈출 수 없으니까요. 나중에 느긋하게 하고."

"어머 그래, 잘 어울려주는구나."

미오 씨는 어른스러운 말투로 말하면서 진심으로 기뻐하는 표정을 지었다.

"그래서, 농담이 아닌 용건은 뭐죠?"

"그래, 그거 말인데."

우노를 꺼낸 주머니의 반대편 주머니에서 뭔가를 꺼냈다.

아, 굉장하다. 지폐랑 카드만 넣는 지갑이다. 정말로 쓰고 있는 사람이 있구나.

엘리트 외에는 감히 쓰지 못할 것 같은 비싼 지갑에서 유키치 씨를 한 장 꺼낸 미오 씨는 아름다운 자세로 나에게 건넸다.

"만 엔 줄 테니까 나랑 인형 사러 가줄 수 있어?"

"무슨 말을 하는지는 알겠는데, 무슨 뜻인지 모르겠어요."

"응?"

미오 씨는 천진난만하게 고개를 갸웃했다. 아무래도 내가 상상력을 발휘해야지만 뭘 말하고 싶은지 이해할 수 있을 것 같다.

뒷부분은, 뭐 이해가 된다. 어른이라도 인형을 좋아할 수 있다. 미오 씨도 방에 하얀 여우 인형 '후우쨩'이 있으니, 지금 와서 인형을 산다 해도 이상하진 않다.

그야, 그걸 사러 가는데 이웃 사람인 나를 부르는 건 조금 의아하지만, 모르는 사이도 아니니 이해할 수는 있다.

문제는 앞부분이다. 내게 내민 요 만 엔은 대체 뭘 의미하는 거지?

아니 잠깐, 오늘은 무슨 날이지? 휴일인 토요일이다.

"설마 이거, 휴일 출근 수당인가요?"

"응? 그거밖에 더 있겠어?"

정답이었다. 이 사람, 토요일에 놀러 가는데 노사계약을 적용하려 하고 있어.

"수당은 안 주셔도 돼요. 쇼핑 정도는 같이 가드릴게요."

"안 돼."

바로 그렇게 대답했다.

"안 된다니, 왜죠?"

"왜냐니?"

"아니, 모르는 사이도 아니고 그냥 쇼핑가는 건데, 그냥 평범하게 부르면 되잖아요?"

"나랑 마츠토모 씨는 관점이 다른 것 같네. 상상해봐. 나랑 외출해서 같이 쇼핑하는 모습을."

소중한 휴일에 세미 롱 흑발에 E컵인 연상 누나와 함께 인형 쇼핑.

흐음.

"재밌을 것 같은데요."

"분명 지겨울 거야."

단칼에 부정당했다.

"적어도 나라면 '아, 이 사람 지루해하는구나'라고 생각할 거야."

"너무 부정적인데요."

"하지만 마츠토모 씨는 지겨워도 마지막까지 같이 있어 줄 테지."

"그렇겠죠."

"그러면 마음 써주는 게 미안해서 내가 못 버티게 될 거야."

"단언하는 겁니까……."

잊고 있었다.

이 사람은 업무가 아니면 내가 집에서 기다리고 있다는 것조차 못 믿는 타입이었다.

"휴일 출근에는 노사 간의 합의가 필요하니까, 노동조합이 있으면 시간이 걸리겠지만 우리는 '노'도 '사'도 한 명이니까 이 자리에서 가능해. 노동기준법이라는 게 참 잘 돼 있어."

"그렇네요."

노동기준법을 만든 사람이 누군지도 모르지만, 아마 이런 상황은 예상하지 못했을 것이다. 적어도 나는 불가능하다.

"그럼 대답을 들어볼까."

"……기꺼이 근무하도록 하겠습니다."

"합의 성립. 그럼 준비하고 30분 뒤에 다시 만나자."

"네."

데이트를 하게 되었습니다.

그…… 출근이라고 하기엔 좀 그러니까, 그냥 그렇게 표현하도록 하겠습니다.

◆ ◆ ◆

"휴일 출근을 해줘서 살았어. 주위 사람들이 여자아이를 데리고 있거나 커플이면 아무래도 붕 뜨는 느낌이 들어서."

"아니에요."

약간 빠른 걸음으로 걷는 미오 씨에게 이끌려 전철을 타고 간 곳은 도내에 있는 번화가였다. 그 번화가의 한구석에 가려고 하는 가게가 있다고 한다.

미오 씨는 젊은이가 넘치는 거리를 걸으면서도 휴일 출근이라는 단어를 썼다. 고용주로서 무보수 잔업은 시키지 않겠다는 의사 표현인지도 모르겠지만 덕분에 '데이트 느낌'이 모서리 부분부터 부스스 무너져 내리는 느낌이 들었다.

가능하다면 버텨다오, 데이트 느낌아.

"인형을 집에 두는 건 좋지만, 사는 건 생각만큼 쉽지 않단 말이지. 부피 때문에 들고 다니기도 어렵고."

"어라? 인형은 인터넷으로 사면 안 되는 겁니까? 집에도 배송 박스가 잔뜩 있었는데."

"살 수는 있지만, 질감이 생각했던 것과 다르거나 해서 어려워."

"아하. 그래서 일부러 여기까지 오는 거군요."

"맞아, 여기서는 안심하고 살 수 있어."

"이 가게 상품의 품질이 특별히 좋나요?"

내 질문에 미오 씨는 '그것도 있지만'이라고 말하면서 고개를 저었다.

"점원이 말을 안 걸어서."

"그건…… 옷가게랑 똑같네요."

"왜 점원은 틈이 보이면 말을 거는 걸까……."

인형 가게에도 전문점이 있고 가게마다 특색이 있는 듯했다. 그 사실을 나는 오늘 도내 모처의 팬시한 점포까지 와서 처음 알았다.

생각해보면 역사가 있는 인기 상품이니 있는 게 당연했다. 하지만 상상해본 적도 없는 곳에 와서, 상상도 못 해본 세계관에 압살 되기 직전인 심정은 알아 차려줬으면 했다. 다시 말해서 나는 지금 귀여운 군세에 인정사정없이 두들겨 맞고 있었다.

"흐~으으음……."

"미오 씨가 본 적 없는 표정을 짓고 있어……."

귀여움에 두들겨 맞고 있는 나를 제쳐두고, 어째서인지 빨간 문어 인형을 조물조물 만지는 미오 씨의 표정은 진지함 그 자체였다. 옆에서 보면 쇼핑하러 온 손님이라기보다는 시장조사를 하러 온 직원처럼 보였다.

그런데 문어 인형이 수요가 있을까? 살짝 만져보니 확실히 감촉은 좋았다. 굳이 사겠냐는 질문을 받으면 의문이 들겠지만.

"문어냐…… 죽순이냐…….”

"미오 씨는 어떤 동물이 좋다거나 그런 건 없나요? 집에 있는 후우쨩은 여우였죠?"

"인형의 모티브에 귀천은 없어. 제작자가 어떻게 모티브의 매력을 끌어내면서 자신의 테마와 메시지를 담았느냐가 중요해. 또천의 재질이나 봉제 기술 등에 따라 인형의 질이 천차만별이니까, 고를 때 봉합선까지 유심히 잘 봐야 해."

굉장히 빠르게 말했어!

죽순 인형을 조물조물 만지면서 이야기하는 미오 씨는 아까보다 더 진지한 눈빛으로 이쪽을 보고 있었다.

그런데 죽순 인형이 수요가 있을까?

살짝 만져보니, 확실히 독특한 분위기가 있어서 재미있었다. 다만 촉감은 문어가 더 위라는 느낌이었다.

"인형의 세계도 심오하군요."

"나도 이제 막 입구에 발을 걸친 참이지만."

"실은 저도 집이 살풍경한 게 신경 쓰여서 인형이라도 두고 싶은데 부디 고르는 법을——"

"찾았다!"

눈치를 발휘해서 말한 대사가 가로막혔다.

"이거. 이게 좋아. 이걸로 할래."

"가까워, 가까워요, 미오 씨. 이거 말인가요? 개인가요?"

미오 씨가 나에게 들이민 것은 노란 재킷을 입은 핫도그 빵 색깔 개 인형이었다. 그건 그렇고 가까워. 너무 가까워서 시각보다 후각이 더 잘 듣고 있어. 어떻게 냄새를 배게 했는지 빵 냄새 같은 좋은 향기가 났다.

그렇군. 문어와는 달리 긴 털이 복슬복슬해서 감촉이 기분 좋았다. 마치 진짜 강아지 같았다.

"촉감, 디자인, 재질, 봉제. 어느 면에서도 흠잡을 데 없어."

"설명표에는…… 카발리에 킹 찰스 스패니얼 종을 모티브로 한 인형입니다, 라고 적혀있네요."

처진 귀에 갈색과 흰색이 섞인 털이 특징인 소형견이다. 그것을 테디 베어처럼 앉아 있는 모양으로 만든, 미오 씨의 집을 지키고 있는 후우쨩과 비슷한 타입이었다.

"후부키 옆에 두기에 딱 좋은 사이즈지?"

"그렇네요. 이거 하나만 사나요? 이거 외에도 이것저것 봤잖아요. 문어라던가."

후부키는 후우쨩의 정식 이름인 듯했다. 그 하얀 여우를 어느쪽의 이름으로 부르느냐로 아침의 어른 모드와 밤의 어린이 모드를 구별할 수 있다는 사실은 취직 3일 차에 알아차렸다.

"그렇네. 한 군데 더 들를 거니까 여기서는 이것만 사자."

한 군데 더 가는 건가~.

"……혹시 집에 가고 싶어?"

그걸 직접 물어보는 건 비겁하다고요, 미오 씨.

보통은 여기서 '그렇지 않아', '나도 재밌어'라고 하는 게 최적의 해답이겠지만. 이 사람 같은 경우에는 그렇게 대답하면 믿지 못해 멘탈이 독의 늪지대에 빠져 두 걸음 당 1의 지속 대미지를 받을 것이다. 미오 씨는 20대 후반 세대니까 아마 그 정도 대미지를 받을 것이다.

"아뇨, 마지막까지 함께할게요. 일이니까요."

"그렇지, 일이지. 일이 최고야."

미오 씨의 진심으로 안심한 표정이, 이 기묘한 대답이 정답이라는 걸 가르쳐주었다.

"그럼, 다음 가게로 갈까요."

"그래, 되도록 신속하게. 업무는 효율화해야 해."

"노동 개혁의 파도가 이런 곳까지……."

말하는 대로 빠르게 계산을 끝내고 밖으로 나가니 6월의 맑은 날 특유의 촉촉하고 따뜻한 공기가 주변을 감쌌다. 올해는 5월이 유난히 더웠다가 추웠다가 했던 만큼, 이 계절에 어울리는 기온이 기분 좋았다.

하늘을 올려다보는 내 뒤로 살짝 뛰어서 나온 미오 씨의 손에는 개 인형으로 불룩해진 크림색 종이봉투가 들려있었다.

"꽤 큰데, 제가 들까요?"

"아냐, 이 정도는 괜찮아. 마츠토모 씨도 짐이 있으니까."

그렇게 말하면서 가방을 소중하게 가슴에 안는 걸 보니, 물어본 내가 눈치가 없었던 것 같았다.

분명 돌아갈 때까지 손에서 안 놓겠지.

"그런가요."

"마츠토모 씨도 재밌게 본 것 같아서 다행이야. 남자한테는 다소 지루할 줄 알았는데, 뭐가 그렇게 마음에 들었어?"

"……촉감이."

"중요하지."

어느새 내 손에는 문어 인형이 든 똑같은 종이봉투가 들려있었다. 미오 씨가 '다 이해한다'라고 말하고 싶어 하는 표정으로 보고 있는 게 어째서인지 분했다.

알 수 없는 패배감을 느끼면서, 미오 씨가 지도를 켠 스마트폰을 손에 쥐고 가리킨 방향으로 걸음을 옮겼다.

그러는 사이에 문득 어딘가 기시감이 느껴지는 거리로 나왔다.

"여긴……."

아까 전까지 있던 인형 전문점과 부티크, 크레이프 가게가 늘어선 팬시한 거리에서 한 골목 떨어진 곳. 조금 더 상스럽다고 해야 할까, 누가 봐도 젊은이의 거리 같은 곳의 한구석에 그 간판이 있었다.

오락실 '뱀파이어'.

신기종도 그럭저럭 있지만 주로 오래된 기종이 가득한 오락실이다. 거리에서 살짝 붕 뜬 느낌이 들었지만, 그래도 지역에 뿌리내린 오락 시설은 휴일을 즐기는 사람들로 북적이고 있었다.

"이 오락실이 이렇게 가까이 있었구나."

"아는 곳이야?"

"네, 전 직장의 동기와 후배랑 온 적이 있어서요."

후배가 너무 착실하다면서, 셋이서 거래처에 들렀다가 돌아가는 길에 동기가 끌고 갔었던가.

전 직장에서 남긴 몇 없는 즐거운 추억……은 아닌가.

"왜 그래, 마츠토모 씨. 표정이 귀신처럼 무서워지려 하고 있어."

"이런저런 일이 떠올라서요. 떠올려 버려서요."

시작은 좋았다. 일하는 도중에 노는 게 약간 찔리긴 했지만, 어차피 회사는 아침부터 막차 시간까지 부려 먹기에 잠깐 숨 돌리는 정도는 괜찮다고 생각해서 나도 찬성하고 발을 들였다.

인형 뽑기로 후배에게 인형을 따주기도 하고 동기와 펀치력을 비교하기도 했다. 2인용 슈팅 게임을 두고 누구를 남길지 싸우기도 했다.

"사이가 좋았구나. 좋은 인연이네."

"네, 동심으로 돌아간 것 같았어요. 모르는 여자와 스티커 사진을 찍고 나오는 사장과 마주치기 전까지는."

"……좋은 인연이네."

"속눈썹을 듬뿍 더할 수 있는 기종이었어요."

더하는 건 뱃살만으로도 충분한데.

"그래서 어떻게 됐어?"

"어떻게 안 됐어요. 서로 '아차' 하는 표정으로 몇 초 동안 바라보다가 아무 일도 없었다는 듯이 헤어졌어요."

"어른스럽게 대처했네."

"돌아온 동심은 어디로 갔을까요."

덕분에 분위기가 한없이 미묘해진 채로 고발해야 하는지 진심으로 고민하는 후배에게 소프트아이스크림을 줘서 더 생각하지 못하게 막고 얌전히 회사로 돌아갔다.

애초에 2년 차 두 명과 1년 차 한 명을 거래처에 보낸 것부터가 비정상이었다. 전부 미쳐있었을 것이다. 그렇게라도 생각하지 않으면 못 해 먹는다.

"그런데 마츠토모 씨, 하나 물어봐도 돼?"

"뭔가요."

"후배에게 줬다는 인형은 어떤 거야?"

흠.

"인형을 좋아하는 사람으로서 궁금한가요?"

"그렇지. 전문점에서 살 수 있는 것도 아닐 테고, 어떤 것이 있는지 가벼운 흥미는 있을지도."

가볍지 않았다. 무서운 기세로 보고 있었다. 입과 귀로는 나와 이야기하고 있었지만, 오락실이 있는 곳을 뚫어지게 처다보고 있었다. 오락실에 자주 오는 사람도 아닐 테고, 이런 기회가 없으면 들어갈 일도 없을 것이다.

"가볼까요, 전장으로."

"그렇네. 살짝만."

미오 씨를 데리고 가게 안으로 들어가 보니, 그날과 다름없는 전자음의 격류가 주변에서 소용돌이치고 있었다. 주위를 둘러보고 안내판을 찾은 미오 씨가 그 아래쪽을 가리켰다.

"인형 뽑기지? 그럼 1층이니까 근처에 있을 건데."

"그렇죠. 하지만 경품이잖아요~. 그것도 한 달쯤 전 일이니까 아직 똑같은 게 남아있을지는…… 우와, 엄청나게 낡았어. 빙하기의 겨울을 넘긴 검치호처럼 돼 있어."

결론부터 말하자면 남아있긴 했다.

경품 구실을 하는 아슬아슬한 하한선, 색이 바래고 실밥이 조금 터지고 털도 푸석푸석해져 너무나도 가련한 상태로 재회하게 됐지만.

"저건 암컷 고양이지? 보라색 인형. 이상한 나라의 앨리스에 나오는 체셔 캣을 모티브로 한 걸까."

"아마 관계없는 오리지널 상품이겠죠. 그 회사의 판권 문제는 이래저래 귀찮으니까요."

미오 씨는 손상된 인형의 모습을 보고 케이스 유리에 달라붙어서 작게 떨고 있었다.

"그런데 왜 저렇게까지 너덜너덜하게……. 저런 건 양육 포기나 마찬가지잖아."

"미오 씨, 인형은 자라지 않아요. 눈을 뜨세요. 저건 말이죠, 오락실의 작전에 사용된 끝에 전장에 남겨진 역전의 용사예요."

"작전?"

"오랫동안 돈을 벌기 위해서 엄청나게 따기 어렵게 해놨더니, 너무 따기 어려워서 남겨진 나머지 손님이 접근하지 않게 된 거예요."

"법률적으로 따지면 어떻게 될까, 그거……."

그 부분은 암묵적으로 이해해야 한다. 고참은 입을 다물고, 신참은 호구 잡힌다. 변두리 오락실의 법도는 때로는 법률보다 우선되는 것이다.

"아무래도 저건 따도 어떻게 할 수가 없겠네요~. 다음 가게에서 좋은 걸 찾아봐요."

이걸 얼마가 될지 모르는 돈을 내고 따는 것은 조금 저항감이 느껴졌다.

원래부터 잘 만들어진 것도 아닌 싸구려일 테니, 인형에 대한 고집이 있는 미오 씨의 관심 밖에 있을 것이다.

"끄엑."

그렇게 생각하고 그 자리를 뜨려고 한 내 몸이 고꾸라졌다.

소매가 고정되어 있었다.

"쟤로 할래. 쟤가 좋아."

내 소매를 단단히 잡은 엘리트 누나는 버려진 고양이를 발견한 초등학교 3학년의 눈을 하고 있었다.

"……진심인가요?"

"저 애는 내가 키울 거야."

"안 자라요."

일단 말을 해보긴 했지만 미오 씨의 시선은 보라색 고양이에게 고정된 채로 움직이지 않았다. 이미 말려도 소용없으려나.

"알겠어요. 하는 법은 알죠?"

"응, 이 만남이 운명이라는 것을 증명해 보이겠어."

"한 번에 뽑는다, 뭐 그런 의미의 선언이군요. 이해했어요."

비장한 결의를 가슴에 품고 엄숙히 동전 교환기로 향하는 미오 씨의 뒷모습을, 나는 조용히 바라봤다.

◆ ◆ ◆

20분 후.

"운명은 잔혹하네요……."

"미안해…… 미안해……. 많이 아프지, 미안해……."

이야, 이 사람 대단하네.

크레인으로 인형을 아프게 할 때마다 사과하고 있는데, 오히려 대단해.

"알겠나요, 미오 씨."

"으에?"

엄청난 소리가 나왔다. 너무 깊은 슬픔으로 인해 목이 간 것 같았다.

"이런 인형 뽑기 기계는 말이죠. 일정 금액을 넣기 전까지는 아슬아슬한 상황에 실패하게 만들어져 있어요. 아슬아슬하게 위치가 안 맞거나, 잡아도 도중에 떨어뜨리거나 하는 일이 발생해요."

"에에?! 그거 얼마 넣으면 돼?"

당연한 의문을 입에 담는 미오 씨. 하지만 이번 사정은 조금 특수하다.

"아마 필요한 만큼은 이미 들어갔을 거예요. 이 정도로 너덜너덜하면 가게 측에서도 처분할 생각으로 넣었을 거니까 금액 하한선은 낮은 편일 거예요."

"그럼, 왜."

"이유는 하나에요, 미오 씨."

"그건……?"

그것은.

"미오 씨가 너무 못해서 아슬아슬한 상황에조차 도달하지 못했기 때문이에요."

"마츠토모 씨, 오블라토*라고 알고 있어?"

"알파화 된 전분을 말린 얇은 종이죠. 유럽에서 발명되어 메이지 35년에 일본인이 한천을 이용해서 지금에 가까운 형태로 개량

---

*쓴 가루약이나 알약 등을 어린이에게 먹일 때 자주 사용되는 식품 포장재의 일종. 먹는 테이프도 오블라토다

하여 세계로 퍼졌죠."

"맞아, 그렇게 잘 알고 있으면 됐어. 그래서 어떡할 거야?"

"일단 보고 있으세요."

아무리 미오 씨가 고소득자라고 해도 한계가 있다. 지금은 내가 도와줘도 좋은 상황이리라.

나는 미오 씨에게 옆으로 비켜달라고 하고 인형 뽑기 기계의 레버에 손을 걸쳤다.

"도, 돈을……."

"괜찮아요. 어차피 얼마 안 들어요."

미오 씨가 이미 기계의 살짝 일그러진 동전 투입구에 상당한 양의 500엔 동전을 투입하고 있었다. 겁이 날 정도로. 이제 적당히 잡아주면 딸 수 있을 것이다.

"좋아."

오래된 레버는 손에 꼭 맞았다. 접합부가 조금 덜컹거렸지만 아무 문제 없다.

이 기계의 메이커는 알고 있다. 일본제 부품을 고집하며 게임을 만들어온 지 50년. 장사의 격전지 오사카에서 살아남은 게임 업계에서도 오래된 기업이다. 그 기술과 노하우가 집약된 기계는 이 정도의 노후화로 동작에 지장을 초래하는 일 따위는 없다.

승산은 있다.

"운명은 우연히 만나는 것이 아니라 움켜쥐는 것이라는 걸 증명해주죠."

"한 번에 뽑는다, 그런 의미의 선언이구나. 나도 알아."

"——갑니다."

◆ ◆ ◆

그날 저녁.

미오 씨는 두 개의 봉지(크림색 종이봉투와 게임 메이커의 로고가 들어간 비닐봉지)를 소중히 안고 맨션 6층에서 엘리베이터에서 내렸다.

"오늘은 고마워~. 휴일 출근 수고했어~."

"그러고 보니 휴일 출근이었네요. 현실로 돌아왔어요."

무보수 잔업이 아니라, 정식 업무로서 취급하는 상사의 귀감이다.

덕분에 카페에서 파스타를 먹고 이케부쿠로의 옥상 수족관까지 가서 불가사리를 본 일들이 추억에서 업무기록으로 변환되었지만 괜찮다고 생각하자.

"이 아이들도 있지, 고마워~라고 말하고 있어."

"그런가요~? 상당히 아슬아슬한 타이밍이었다는 건 알겠어요."

"아슬아슬해?"

"미오 씨는 신경 안 써도 돼요."

생각보다 많이 지쳤는지 거의 밤 모드에 들어서 있었다. 이 이상 거리에 있었으면 위험했을 것이다.

용모도 단정한 E컵 28세 아동이 도쿄에 풀려나게 된다.

"네~. 이 애들도 알겠대~."

"가까워요, 미오 씨. 가까워."

그리고 예쁘게 웃으면서 인형을 얼굴에 들이대지 말았으면 한다. 가깝다. 오락실의 그리운 냄새가 났다.

"아~, 그 아이들도 소중히 대해주세요. 특히 고양이는 털도 빗질해 줘야 해요."

"오늘 할래~."

"바로 하다니 장하구나."

복도를 걸어 미오 씨는 603호실, 나는 605실 앞으로 갔다.

"안녕~."

"네, 수고하셨어요. 과자는 9시까지, 이는 잘 닦아야 해요."

"네~."

보고 있으면 꽤 걱정되지만, 저래도 나와 만나기 전에는 혼자서 생활해왔다. 어떻게 하는지는 모르겠지만 괜찮겠지.

그럼, 저녁 식사를 같이하자는 약속도 안 했고, 점심은 여성 취향이라는 느낌이라서 가볍게 먹었다. 밤에는 뭔가 든든하게 정크한 거라도 먹어볼까.

"……아니, 라면 끓여 먹어야 하나."

아무튼, 오늘의 수지는 마이너스 7,000엔이다. 만 엔의 휴일 출근 수당을 받았는데도 이 모양이다.

"설마 그렇게까지 설정이 어렵게 돼 있을 줄이야……. 아니, 후회는 안 해. 안 할 거라고."

원래 미오 씨에게서 과분하게 받은 돈이다. 미오 씨를 위해 쓰고 후회할까 보냐. 받은 돈보다 더 써도 후회 따위는…….

"……후회?"

후회. 그 단어가 내 기억에 걸렸다. 그러고 보니 오늘 아침에 실황 게시판에서 본 것도 후회에 관한 이야기였다.

누군가와 이야기한 뒤, 실언을 해버렸다는 생각이 들어 후회하는 그 현상. 스트레스를 줄이는 호르몬이 분비되지 않게 되어 그런 현상이 일어났을 것이다.

"미오 씨가 어린아이처럼 되는 것도 스트레스를 느꼈을 때……."

오늘도 그 정도로 행동이 어려졌으니 분명 스트레스가 상당히 쌓였을 것이다. 내가 원인일지도 모른다는 생각도 했지만, 오늘의 행동을 돌아봐도 짚이는 구석은 없었다.

"그런데 인형을 보고, 좋아하는 것을 먹고, 수족관에 가서 기분전환을 했는데 스트레스……?"

인형을 선택에 신경을 썼기 때문에. 익숙하지 않은 오락실에서 놀았기 때문에.

그런 진부한 이유는 아닐 거라는 예감이 들었다.

'딩~동'

"미오 씨~? 지금 괜찮나요~?"

인터폰을 울렸다. 대답이 없다.

"들어갈게요~."

샤워 중일 수도 있겠구나. 그때는 얌전히 돌아가자.

내가 생각하는 상황은 그런 것이 아니다.

가지고 있는 여벌 열쇠로 문을 열어 자극하지 않도록 천천히 거실, 그리고 침실로.

"Oh⋯⋯."

역시. 내 예감은 적중했다.

"후우쨩, 있잖아, 오늘 말이야, 마츠토모 씨한테 미움받았어⋯⋯.

가게에서 있지, 마츠토모 씨를 아무렇게나 내버려 뒀고, 재미없는 이야기를 잔뜩 했어. 파스타 소스를 마츠토모 씨에게 튀기기도 했어. 오락실에서는 부끄러운 말도 해버렸어.

만 엔으로는 분명 부족했을 거야. 이제 다시는 같이 외출 안 해주겠지?

친구가 둘 늘었지만, 한 명 줄어들었어.

으에, 우, 우에에에에엥⋯⋯."

개와 고양이가 더해져 세 마리가 된 인형을 자기 주위로 빙 두르고, 오늘의 사소한 실패를 하나하나 고백하고는 후회하며 울고 있었다.

마녀의 집회다. 이거 완전 마녀의 집회다.

미오 씨의 침대를 무대로 반성회라는 이름의 마녀의 집회가 진행되고 있었다.

"이거 심하네⋯⋯."

아니, 정말로 심하다.

사적으로 데리고 다니는 것도 무서워서 돈을 내고 업무 취급을 하는 데도 이렇다. 인간은 이 정도로 크게 후회할 수 있었던 건 가. 보는 나조차 왜 인간에게 후회라는 감정을 주었는지 창조주 인 신에게 따지고 싶어질 정도였다.

"……아니, 신 따위 알 게 뭐야. 좋아, 내가 증명해주지. 운명 이란 사람과 사람이 부딪쳐서 개척되는 것이라는 걸."

내 목소리를 알아차린 미오 씨가 몸을 움찔하면서 쭈뼛쭈뼛 뒤 돌아봤다.

"마츠토모 씨, 왜 있는 거야……? 오늘은 쉬는 날인데? 나랑 같 이 안 있어도 되는데?"

지금 내가 이 사람에게 해줄 수 있는 것은 많지 않다.

아니, 하나뿐이다.

"미오 씨!"

"으에, 아바, 네?!"

"우노 해요, 우노!!"

그 후, 우노를 4시간 하고 라면에 달걀을 넣어서 먹으니 원래 대로 돌아왔다.

드로우 투를 겹쳐서 반격하는 규칙이 있는 편이 더 재미있었기 에 그 규칙으로 했다.

왜 이렇게 돼버린 걸까.

"이제 싫어, 집에 갈래……."

"여기가 집이에요 미오 씨. 자, 낫토 놓으세요."

"그럴 리 없어. 여긴 회사인 걸……. 주판, 내 주판 돌려줘……."

"앞서나가는 기업은 주판을 지급하나……?"

"회사가아아아……."

아아, 왜 이렇게 돼버렸을까. 무엇을 잘못한 걸까.

공허한 눈으로 계속해서 낫토를 휘젓는 미오 씨를 앞에 둔 나는 그저 천장을 올려다볼 수밖에 없었다.

◆ ◆ ◆

"우와, 그 녀석한테 받은 양갱, 완전히 잊고 있었어……. 양갱은 년 단위로 보존되니까 아직 먹을 수 있겠지?"

때는 낮에 가랑비가 내린 날이었다. 미오 씨와 오락실에 간 뒤, 회사 동기에게 양갱을 받은 적이 있다는 걸 떠올려 모처럼이니 차를 마실 때 먹자는 생각을 하며 꺼냈는데, 그걸 또 그대로 잊고 있다가 발견하고 초조해했던 밤에 일어난 일이었다.

고용주가 인터폰을 울린 것은 평소보다 조금 늦은 시간이었다.

"다녀, 왔습니다~……?"

"네, 어서 오세요."

"아, 다, 다녀왔습니다!"

"어서 오세요. 오늘도 기다리고 있었어요."

"다행이다……. 오늘은 진짜로 없을 줄 알고 뛰어서 와버렸어……."

여느 때처럼 엿보듯이 문을 연 미오 씨는 내가 있는 것을 보고 안심한 얼굴로 집에 발을 들였다. 이 대화를 반복한 지도 2주째에 접어들었다.

이제 슬슬 익숙해지면 좋겠다고 생각하면서도, 미오 씨는 사실 이 대화를 마음에 들어 하는 게 아닐까 하는 생각이 들기 시작했다.

"네, 네, 일이니까요. 어이구, 땀을 꽤 흘렸네요. 밥 먹기 전에 샤워할래요?"

"그렇게 할래~에에에……."

미오 씨는 늘어지는 목소리로 그렇게 대답하고 현관을 올라왔다.

신발도 안 벗고.

"잠깐, 미오 씨?"

"므에?"

내 목소리에 반응해 돌아보려고 한 미오 씨의 몸이 기우뚱 기울었다.

"위험해!"

앞으로 쓰러질 뻔한 미오 씨를 서둘러 받아냈다. 몸집은 작은데, 힘이 완전히 빠진 탓인지 묘하게 무거웠다.

"세다~. 남자다~."

"그런 소리 할 때가 아니잖아요. 어떻게 된 거예요?"

미오 씨를 똑바로 세우려고 했지만, 몸은 오른쪽으로 왼쪽으로 흔들리기만 했다. 바닥에 주저앉았나 싶었더니 이상하다는 듯이 고개를 갸우뚱했다.

"어라아, 설 수 없어~?"

"혹시……."

미오 씨의 이마에 손을 대봤다.

뜨겁다.

"열이 엄청나잖아요! 이런 상태로 어떻게 뛰어왔어요?"

체감상이긴 하지만 38도는 넘지 않았을까. 몸 상태가 이런데도 미오 씨는 동요하지 않고 깔깔 웃고 있었다.

"그렇지 않아~. 건강해~ 건강해~."

활동적인 포즈를 취하려고 했지만, 팔아 올라가지 않아 육지에 올라온 문어처럼 됐다.

"열이 나면 들떠서 피로도 고통도 못 느끼게 되는 타입이었나."

아마 낮에 내린 비에 젖은 채로 냉방이 된 사무실에 들어갔겠지.

열쇠를 두고 왔던 날에는 심야에 비를 맞아도 멀쩡했지만 감기에 걸리는 건 어차피 그때그때의 운에 달려있다. 걸릴 때는 이렇게 걸린다. 다행히 지금은 기분도 좋은 듯하지만, 기분이 가라앉으면 오한과 고통이 찾아올 것이다.

"내일 일은…… 아니 내가 지금 무슨 소릴 하는 거야. 일단은 옷을 갈아입히고 침대에 눕혀야겠다."

전 직장에서 든 버릇에 휘둘리는 자신을 꾸짖으면서, 우선은 신발을 벗겨서 미오 씨를 안아 올렸다. 여성용 구두의 구조가 이렇게 독특했던가 놀라면서 어떻게든 회색 하이힐을 현관에 돌려놓고 미오 씨의 다리와 등을 받치고 들어 올렸다. 무심코 힘을 주면 부러져버릴 것처럼 부드럽고 가늘었다.

"공주님~."

"그렇네요. 공주님 안기에요. 말하면 혀 깨무니까 쉿, 하세요. 쉿~."

"쉿~."

B 사건으로 완전히 어려졌을 때와 비슷하긴 했지만, 그때는 언동이 어렸을 뿐이고 머리는 멀쩡했다.

"그런데 오늘은 머리조차도 잘 돌지 않고 있으니, 대체 얼마나 몸 상태가 나쁜 건지……."

그만큼 위험하다는 뜻이다. 기껏해야 감기지만, 병은 병이다. 이만큼 열이 나면 방심할 수 없다. 신중하게 침실로 옮겨 침대 위에 눕히니 심플한 목제 침대가 삐걱거리며 미오 씨의 축 늘어진 몸을 받아냈다.

"한 번 봤으니까 몇 번을 봐도 똑같다는 변명은 아닙니다만, 비상사태니 참으세요. 불만이라면 나중에 들을 테니까요."

재킷과 치마를 벗겨 블라우스와 속옷만 입은 상태로 만들어 이불을 덮었다. 확실히 치마가 희미하게 젖어 비 냄새를 풍기고 있었다.

"역시 비를 맞았나."

"저기~ 저기~ 마츠토모 씨? 아직 잘 시간 아닌데~?"

"별자리 운세에 따르면 말이죠, 오늘 미오 씨는 빨리 자면 좋은 일이 있대요."

"좋은 일~?"

"내일의 디저트가 멜론 젤리가 돼요."

"휘핑크림은?"

"잘 자면 올려줄게요."

"잘래~."

물론 입에서 나오는 대로 말한 것이다. 애초에 난 미오 씨의 별자리도 생일도 모른다. 다만 환자가 몸 상태가 나쁘다는 자각이 없으니 이렇게라도 하는 수밖에 없다.

일단 멜론과 생크림은 나중에 사두자.

"화장도 지워야 하나? 음, 솜으로……?"

스마트폰으로 조사하면서 어떻게든 화장을 다 지웠다. 아무래도 경험이 없다 보니 완벽하다고는 말하기 어려웠지만, 그보다 더 우선순위가 높은 것이 있었다.

멍한 표정으로 천장을 바라보는 미오 씨의 목덜미에는 땀방울이 아물아물 빛나고 있었다. 시선을 아래로 내리니, 블라우스가 피부에 딱 붙어서 피부와 속옷이 비쳐 보였다.

"땀나는 양을 보니 안 닦으면 큰일 나겠는데……."

부엌에서 수건을 적셔왔지만, 역시 조금 망설여졌다.

"에잇, 고민할 때가 아니야."

"응~?"

"네, 미오 씨, 만세~."

"만세~."

블라우스의 단추를 풀어서 벗기고 그 아래에 있는…… 캐미솔? 그래, 캐미솔을 들어 올리니 전에 봤던 하늘색과는 또 다른, 검은 레이스가 달린 속옷이 나타났다.

"……그런 건가."

"어떤 거~?"

"오늘도 미오 씨는 열심히 살았구나, 라는 거요."

"그런가~?"

"그래요."

평소에는 굽이 낮은 펌프스를 신는데 오늘은 하이힐이었다. 평소에는 눈가 이외에는 옅은 화장을 했는데, 오늘은 지우는데 고생할 정도의 화장을 하고 있었다. 그리고 잘 모르는 내가 봐도 알 수 있는 기합이 들어간 속옷.

말하긴 뭐하지만, 미오 씨에게 내가 모르는 남자친구나 그에 가까운 상대가 있을 거라는 생각은 안 들었다. 데이트 준비일 리는 없을 것이다.

즉 이건 업무를 향한 각오다.

"오늘 뭔가 중요한 일이 있었군요. 젖은 옷을 말릴 짬도 아까울 정도로 미오 씨에게 맡겨진 책임이 막중한 일이."

처음 만난 날에도 '집에 있는 자료를 가져오지 못하면 회사가 망할지도 모른다'고 했었다. 가끔 잊을 뻔하지만, 미오 씨는 그런 위치에 있는 사람이다.

"그래서 기합을 넣고 무리하고, 끝나니까 긴장이 풀려서 감기에 걸리죠. 마지막 마무리가 어설픈 게 미오 씨답네요."

"그렇지 않아…… 난 제대로 하는걸."

"네~네. 자, 몸을 닦을 거니까 한 번 더 만세 해주세요."

"치이~."

열 때문인지 복숭아색으로 어렴풋하게 달아오른 미오 씨의 몸을 젖은 수건으로 닦아나갔다.

이렇게 만져보면 몸이 얼마나 작은지, 이대로 꺾여버릴 것처럼 선이 가늘다는 것을 알 수 있었다.

이런 몸으로 연상의 수완가들이나 여성이 앞에 서기 어려운 사회의 시스템과 싸우고 있다.

그것이 사오토메 미오 씨다.

감기에 안 걸리는 게 이상하다. 적어도 난 그렇게 생각했다.

"의외로 그런 생각을 하고 있을 때는 비뚤어진 감정은 안 생긴단 말이죠."

——거짓말이다.

"미오가 좋아하는 스웨터는 안 비뚤어지고 세로로 줄무늬가 있는 건데~?"

"하하하하하, 그랬죠."

한 번 더 말한다. 거짓말이다. 지금 풀파워로 혀를 깨물고 있다. 앞니로 꽉 깨물고 있다.

이렇게 하지 않으면 버틸 수가 없다. 말 그대로 '무리'다.

"하하하하하, 평상심, 평상심."

"앗, 히읏! 으응…….."

"차가웠나요? 아니, 그런 소리를 내지 말라고는 못 하겠지만…….."

"그렇지만~."

"좋아, 미오 씨. 그거에요. 항상 하는 그걸 해요."

"그거라니~?"

이 상황에서 에로함을 날려버릴 방법은 단 하나.

"아바바바바."

"아바바바바?"

"아바바바바~."

"아바바바바~!"

연상 누나가 검은 속옷 차림으로 볼을 발갛게 물들이고 흐늘거리며 '아바바바'라는 소리를 내고 있었다.

"음…… 뭐랄까, 이대로 있다간 내가 이상한 성벽에 눈뜰 것 같아. 빨리 끝내자."

심호흡. 심호흡이다.

인간은 심호흡하면 진정할 수 있다. 들이쉬고~.

"크윽, 틀렸어! 뭔가 좋은 냄새가 나! 박스 냄새는 완전히 사라졌어!"

이놈, 미오 씨의 침실을 이렇게 청소한 녀석은 누구냐.

나다.

"인간의 이는 앞니보다 송곳니가 더 날카롭지……?"

나는 혀를 깨물 때도 방법을 궁리할 여지가 있다는 것을 몸소 배웠다.

◆ ◆ ◆

신은 인간에게 극복할 수 있는 시련만 준다. 누군가가 그렇게 말했다는 걸 어디선가 들은 기억이 있다.

하지만 신이시여, 극복할 수 있다고 다 되는 게 아니라고 생각합니다.

너무 깨물어서 쇠 맛이 나는 혀로 하늘을 향해 말하면서, 미오 씨의 땀을 닦고 체크무늬 춘추용 잠옷을 입힌 나는 유혹을 이겨낸 자신의 이성을 칭찬해주고 싶은 기분으로 충만했다.

"미오 씨, 배는 안 고픈가요?"

"별로~."

하지만 미오 씨의 용태는 좋지 않았다. 아직 몸이 좋지 않다는 것도 자각이 없었고, 식욕에는 확실하게 몸 상태가 나쁘다는 지표가 나타나고 있었다.

"그럼, 가볍게 뭔가 만들어요."

"오늘은 필요 없을지도……."

"조금은 먹는 편이 좋아요. 그런데 점심은 뭐 먹었어요?"

"그러니까~."

생각하기를 몇 초.

이해한다. 점심에 뭘 먹었는지 의외로 잘 기억이 나지 않는다. 그래서 적당히 카츠동집에 들어간 순간, 점심때도 카츠동을 먹었다는 걸 뒤늦게 깨닫기도 한다.

"아, 맞다. 콩이랑 견과류 바를 먹었어."

"그것뿐인가요?"

"바나나맛~."

역시 상당히 바빴던 것 같다.

점심을 거르지 않은 게 그나마 다행이지만, 아무리 콩으로 만든 영양식품을 먹었다고 해도 하나만 먹는 것은 좋지 않다. 콩만 먹으면 부트캠프도 문제없고 건강한 몸으로 장렬한 색기를 낼 수 있다는 사람*이 있었지만, 지금의 미오 씨에게 필요한 것은 보통 수준의 식욕과 보통 수준의 기운이다.

"오히려 이 이상 색기를 내면 곤란해."

그랬다가는 다음에야말로 혀가 잘리고 말 거다.

---

*애니메이션 '칸나기' 제 10화에서 나기가 부른 곡 '헬로 콩의 노래'의 가사

"뭐라고~?"

"미오 씨가 빨리 건강해졌으면 좋겠다고 말했어요."

"난 건강한데~?"

"어이쿠, 그랬죠."

어쨌든 지금은 머리가 몽롱하기만 하고 기분은 좋은 듯했다. 이 틈에 밥을 먹이는 편이 좋을 것이다.

"그럼, 밥을 해올게요. 잠시만 기다려주세요."

"갔다 와~……."

침실의 문을 닫고 부엌으로 향하면서 냉장고에 뭐가 있었는지를 떠올렸다. 다행히도 늘 요리하고 있어서 대강의 재료는 냉장고에 갖춰져 있었다.

"달걀에, 쌀에, 파는 있고……. 응, 그러고 보니 술은 요리용 술밖에 없네."

감기에 걸려 소화 능력이 저하했을 때도 먹을 수 있는 영양가 있는 음식은 여럿 있지만, 역시 이게 최고다.

"좋아."

재료는 지어둔 밥, 달걀, 쪽파, 말린 뱅어, 시로다시*.

오늘의 메뉴는 바로 달걀죽이다. 소화가 잘되고 영양가도 있는 정석적인 건강식이다.

"이번에는 맛에 너무 집착하기보다는 속도를 내야겠어. 악화하

---

*가다랑어포와 다시마 등을 끓여 우려낸 국물에 백간장·설탕·미림 등을 가미해 만든 조미료

기 전에 먹고 자면 회복할 테니."

이상을 말해보자면, 쌀을 넉넉한 물과 시로다시로 익히고 뜨거울 때 달걀을 풀어서 두르고 파와 뱅어를 뿌리고 싶었다. 질냄비를 사용하면 건강할 때도 맛있게 먹을 수 있다.

하지만 질냄비를 써서 만들면 최소 30분은 걸린다. 한시가 급한 지금은 밥솥과 질냄비가 아니라 전자레인지를 써야 한다.

"내열 용기는 이걸 쓰면 되나……. 밥이랑 시로다시랑 물을 넣고, 뚜껑 덮고."

전자레인지 안에서 용기가 회전하는 사이에 달걀을 풀어서 말린 뱅어를 섞어뒀다. 젓가락으로 세로로 자르듯이 휘저으면 흰자가 잘 분리되지 않는다.

전자레인지로 가열이 끝난 밥은 가볍게 저으면, 정석에는 못 미치지만, 소화가 잘되는 죽이 된다.

거기에 풀어놓은 달걀을 두르고 한 번 더 뚜껑을 덮어 뜸을 들인다.

"마지막으로 쪽파를 뿌리고, 좋았어."

달걀죽이 완성되었다.

소요 시간, 약 5분. 이거라면 미오 씨의 컨디션이 변하기 전에 저녁을 끝마칠 수 있을 것이다.

"미오 씨~, 완성됐어요~."

침실의 문을 노크했지만, 안에서 목소리는 돌아오지 않았다.

"……미오 씨~?"

역시 대답이 없었다.

문을 열어 안의 광경을 본 나는 숨을 죽였다.

"이런 단시간에 서랍이 전부 열려…… 있다니……."

"아, 마츠토모 씨, 어서 와~."

침실이 온갖 서랍과 좌우로 여닫는 문이 오픈되어 옷에 속옷에 생리용품 등, 내가 손을 대도 되는지 모를 물건까지 나와 어질러져 있었다. 그리고 그 중심에 잠옷을 입은 미오 씨가 탈싹 주저앉아 있었다.

"저기, 미오 씨? 이게 뭐 하고 있는 건가요?"

"없어."

물건을 찾고 있었다는 건 한눈에 알겠는데, 이렇게 다 뒤집어엎어서라도 찾고 싶은 건 도대체 뭘까.

"이제 제가 찾을게요. 뭘 못 찾겠어요?"

"아아쨩."

"아아쨩?"

아아쨩은 또 누구지?

"친구……."

"아, 전에 산 새 인형 중 하나인가요?"

인형 전문점 출신과 오락실 경품 출신이라는 태생이 다른 콤비라면 선배인 후우쨩과 함께 거실에 나란히 있을 것이다.

"아니야~. 그건 코로쨩이랑 유우쨩."

아마 개가 전자이고 고양이가 후자일 것이다. 왠지 모르게 그럴 거 같았다.

그렇다면 아아쨩은 대체 누굴까.

"그럼 아아쨩은 어떤 애인가요?"

"새하얀 여우."

"후우쨩 아닌가요? 거실에 있으니까 데려올까요?"

"아니야. 후우쨩이 아니라 아아쨩, 이, 야……."

"아아 이런, 열이 올랐어."

흔들거리며 바닥에 쓰러진 미오 씨를 침대로 돌려놨다. 아프진 않아도 열로 기억에 혼돈이 생긴 걸지도 모른다.

지금은 얼른 먹이고 재우는 편이 나을 것 같다.

"아아쨩은 제가 찾아둘 테니까, 일단 밥을 먹어요."

"아아쨩, 어디로 간 걸까……."

"찾으면 알려줄게요. 자, 먹을 수 있겠어요?"

"먹을 수, 있을 것 같아."

"조금이라도 좋으니까 드세요."

역시 식욕은 없는 듯했다. 한입, 두 입 먹고는 숟가락을 놓아버렸다. 가능하면 영양을 섭취하면 좋겠지만 억지로 먹이는 것도 좋지 않다.

조금은 먹었으니 괜찮으리라 생각하고 그릇을 치운 뒤, 같이 가져온 약을 건넸다.

"자, 약이에요."

"응……."

금색 봉투에 든 가루약을 뜯어서 오른손에 쥐여줬다. 좀처럼 감기에 걸리지 않는 미오 씨가 만약을 위해 꽤 오래전에 사둔 약인 듯했다.

"……웃, 콜록, 콜록."

"괘, 괜찮아요?!"

가루약에 사레들려 기침했다. 서둘러 열기를 띤 등을 문질러줬는데, 이건 별로 좋지 않은 사태일지도 모르겠다.

나는 날아온 가루에 노랗게 된 자신의 얼굴을 닦으면서 어떤 가능성을 생각해냈다.

"미오 씨, 가루약 못 먹어요?"

"……모르겠어."

가루약은 우리의 생각 이상으로 고도의 기술이라는 것을 어디선가 읽은 적이 있다.

약은 약효 이외에도, 특유의 쓴맛으로 위산 분비를 유도해 몸 상태를 조절하는 효과가 있다. 한방약이 굉장히 쓴 이유 중 하나가 바로 그것이다. 하지만 인간에게 쓴맛이란 독이라는 것을 알리는 신호이기도 하며, 수분 없이 삼키는 행위는 본능에 반하는 행동이라고 한다.

"괜찮아, 열심히 먹을 거니까."

"그럼 한 번 더."

한 봉지 더 줘봤지만, 결과는 똑같았다.

"으에, 윽……."

"갑자기 몸 상태가 안 좋아져서 보통 음식도 못 삼키잖아요. 익숙하지 않은 가루약이라면 어쩔 수 없죠."

"그렇지만……."

"걱정할 것 없어요. 지금은 편리한 게 있으니까요."

텔레비전 광고에서 젤리 타입 오블라토를 본 적이 있다. 근처 약국에 가면 바로 구할 수 있을 것이다.

"잠깐 뭐 좀 사러 갔다 올게요. 뭐 갖고 싶은 게 있으면 같이 사 올게요."

전자결제가 가능한 스마트폰이 주머니에 있는 것을 확인하고 일어섰다. 이러는 동안에도 미오 씨의 상태가 악화하고 있는 것을 안색을 보고 알 수 있었다.

"……마."

"어, 뭐라고요?"

목소리를 내기 어려운 모양이었다. 그렇게 생각하고 귀를 가까이 갖다 댄 내 손을 미오 씨의 오른손이 붙잡았다.

"가지 마……."

"아니, 그럴 수는……."

열이 이렇게나 난다. 약을 먹고, 상황에 따라서는 병원에 가지 않으면 더 심해질지도 모른다. 외출한다고 해도 고작 몇 분이다. 뿌리치고 나가야 하지만, 연약한 오른손은 너무나 단단했다.

"여기 있어……."

어떡하지.

불안한 건 이해되지만, 이대로 나빠지는 것을 그저 보고 있으라는 것인가. 그런 짓은 하고 싶지 않았다.

하지만 어떡하지.

"속, 안 좋은가요?"

"지금은, 조금, 만. 하지만 괜찮아."

이제 본격적인 증상이 나타나기 시작했나.

괴로운 듯이 숨을 쉬면서도 오른손은 날 놓아주지 않았다.

"어떡하지……!"

여기서 움직이지 못하면 어쩔 도리가 없다.

신에게 기도는 아까 드렸다. 이유는 어찌 됐든 그 기도가 효과가 있다면 고생할 일은 없겠지만…….

"……?"

스마트폰이 진동했다.

"……뭐야, 너 빼고 또 그 오락실에 갔다 와서 불만이냐?"

아마 우연한 타이밍일 것이다. 그래도 난 신에게 감사했다.

'착신: 츠치야 하루토'

이전에 나에게 오락실을 소개해준 원흉. 부엌에 있는 양갱을 준 동기.

단 두 정거장 너머에 사는 전 회사의 동기의 이름이 스마트폰 화면에 깜빡이고 있었다.

'삑'

"여보세요, 츠치야냐?!"

미오 씨의 손을 쥔 채로 반대편 손으로 스마트폰의 통화 버튼을 눌렀다. 통화음량을 조금 줄인 스마트폰에서 10일 전까지 매일 들었던 목소리가 들렸다.

　'오랜만이다~! 이야~, 스마트폰이 두부 가게 차에 치인데다가 물에 빠져서 말이여~. 인제 다 틀렸다고 생각했는디 신들린 업자가 데이터 복구를 해줬응께, 기념으로 아무한테 전화해보자~ 싶었는데 너밖에 없드라고~ 핫핫하. 짐 뭐 하고 있었대~?'

　겨우 10일인데 뭔가 굉장히 그리운 느낌이 들었다.

　"오랜만이네. 지금은, 아~, 일하는 중."

　'진짜냐? 이직해도 잔업은 안 줄었냐? 내가 방해해부렀냐?'

　"아니, 오히려 살았어!"

　'기여? 그라믄 다행이고.'

　츠치야는 전 회사의 동기다. 같은 큐슈의 나가사키 출신이고 후쿠오카 출신인 나와는 고향이 가깝다는 인연으로 자주 어울렸다.

　하지만 그런 건 중요하지 않다.

　지금 이 상황에 중요한 건 사고, 계산, 화술, 교섭, 예의, 부드러움, 강단.

　그리고 무엇보다도 속도.

　속도다.

　"츠치야, 지금 어디 있어?!"

　'일 끝나고 돌아가는 길인디……. 아, 한잔하러 갈 거냐? 오늘

은 9시에 끝났응께 기운이 차고 넘쳐부러!'

"미안한데 다음에 가자! 사람 하나 살린다 생각하고, 아무것도 묻지 말고 지금부터 말하는 걸 내 집에 보내줄 수 있어?!"

내가 억지스러울 정도로 급하게 몰아붙이는 데는 엄연한 이유가 있다.

그건 질문을 받으면 매우 귀찮아지기 때문이다.

'뭔 일이데. 주변에서 살 수 있는 거면 괜찮은디.'

"고마워!"

바로 쓸데없는 질문을 하지 못하도록 막기 위해서다. 어떻게든 최단 시간에 목표로 하는 물건을 손에 넣을 수 있을 것 같다.

상황이 상황인 만큼 어쩔 수가 없었다. 보통 이직한 친구와 대화를 한다면 이런 느낌이 될 것이다.

A "너 이직 어디로 했었지?"

B "xx상사. 사무용 책상 파는 회사야."

A "인간관계는 어때?"

B "나쁘지 않아. 사무 쪽에 카야 씨라고 하는 애가 귀엽더라~."

A "흐음~."

이 대화가 나 같은 경우에는 이렇게 된다.

A "너 이직 어디로 했었지?"

나 "옆집 사오토메 미오 씨네. 매일 밤 '어서 와'라고 말하는 일이야."

A "인간관계는 어때?"

나 "나쁘지 않아. 미오 씨는 매일 정신연령이 다른데~."

A "흐음~."

단언한다. 절대로 '흐음~'으로는 안 끝난다.

질문 공세를 당해 솔직하게 대답할수록 혼란이 극심해져 가는 모습을 쉽게 상상할 수 있었다.

이직 후 약 10일이나 츠치야와 연락을 하지 않았던 것도 어떻게 설명하면 좋을지 판단이 안 섰기 때문이다. 그 탓에 츠치야에게 도움을 구한다는 방법 자체를 떠올리지 못했지만. 이런 때에 상대에게서 먼저 연락이 온 건 그야말로 하늘의 은혜다.

이 찬스. 반드시 가장 빠른 속도로 살려주마.

'그래서 뭐 가져가면 된다냐?'

"좋아, 일단은······."

"마츠토모 씨, 누구랑 얘기하고 있어······?"

"미오 씨 뭐 하는 짓이당가?"

나도 모르게 사투리가 나왔다.

'지금 여자애 목소리 안 들렸냐?'

"미안, 텔레비전 소리 같아."

"마츠토모 씨, 마츠토모 씨. 이쪽을 봐. 저기······."

'니 이름 부르고 있는디? 설마 여자 친구 생긴겨? 일하는 중인 거 아니었냐?'

"아니, 일하는 중인 건 진짜야."

"마츠토모 씨가 무시해……."

'흠.'

전화 너머의 츠치야가 생각에 잠긴 낌새를 보였다. 이건 좋지 않다. 쓸데없이 오래 끌수록 그만큼 미오 씨에게 감기약을 먹이는 게 늦어진다. 여기서 어설프게 숨기려고 하다가 화나게 만들면 최악의 사태가 벌어질 수도 있다.

미오 씨에게 쓴 약을 먹이기 위해 나는 지금 임시변통으로 온 정신을 쏟아부어야 했다.

"아니, 츠치야. 속일 생각은 없었어. 단지 설명하기가 어려워서 말이야. 나중에 제대로 말할 테니까 지금은……."

'됐어야, 대충 알았어.'

"진짜?"

이 녀석, 설마 고작 이 정도 정보로 이 상황을 추리해냈다는 건가? 그건 셜록 홈즈라도 샷건을 칠 안건이라고.

'일하는 중. 상대해주길 원하는 듯한 여자의 목소리. 급하게 필요하지만 스스로 사러 갈 수 없는 것. 이것으로 알 수 있는 너의 이직처는…….'

"어, 어어……."

한순간 정적이 흘렀다. 츠치야는 아마 의기양양한 얼굴을 하고 있으리라.

'호스트나 보육사구만?'

"너 시방 뭔 소리 한다냐?"

이런, 나도 모르게 사투리가.

'맞제?'

"아니야. 뭘 어떻게 추리하면 그런 답이 나오는 거냐."

'이 상황을 추리했더니 그렇게 됐는데.'

"그럴 리가…… 음, 있을지도."

'그제잉?'

"하지만 그 둘 중 하나냐고 한다면, 음~…….'"

아니, 내 직업이 호스트에 가까운가 보육사에 가까운가는 나중에 천천히 생각하면 된다. 하고 싶은 말은 많이 있었지만, 우선은 미오 씨의 건강이다.

"그 뭐냐, 세세한 건 어쨌든 간에 상황이 복잡하다는 건 전해졌지?!"

'그야 뭐, 충분히.'

"설명은 나중에 할 테니까, 일단은 지금부터 말하는 걸 사다 주지 않을래?!"

'뭐, 좋지. 그래서 무엇을?'

시급히 필요한 것은 두 개다.

우선은 죽도 먹지 못하는 미오 씨가 입에 댈 수 있는 몸이 따뜻해지는 요리의 재료.

"적당한 청주 한 병! 달달한 게 좋아!"

'술인가! 역시 호스트구마잉? 집으로 데려온 누님이랑 마시는 거 아녀?!'

"그리고 어린이용 젤리 같은 오블라토를 사다 줘!"

'뭐시여?!'

"복숭아 맛으로!"

'맛을 물어본 게 아녀!'

"나, 포도 맛이 좋아……."

"야, 포도 맛이란다!!"

'아이고 알았다! 청주랑 포도 맛 오블라토!'

좋아, 잘 이야기했다. 그야말로 최단 시간에 가장 필요한 것을 구했다.

남은 건 츠치야의 도착을 기다리는 것뿐인데……. 이거, 츠치야에게 어떻게 설명하면 좋을까.

그런 생각을 하면서 미오 씨를 간병하길 20분, 내 방의 인터폰이 울렸다. 1층 현관 오토록을 해제하고 다시 기다리길 3분.

'딩동~'

"어이 맛츠~, 와버렸다고~."

"살았어, 츠치야!"

"으어, 옆집이냐!"

문을 여니 거무스름한 피부에 짧은 머리가 어울리는 남자가 륙색을 메고 605호실 앞에 서 있었다. 약 10일 만에 만나는 동기이자 동향인 츠치야 하루토였다.

인터폰 소리 정도는 미오 씨가 사는 603호실에 있어도 들리기에 대기하고 있었는데, 생각보다 많이 놀라게 한 듯했다. 놀라서 몸을 뒤로 젖힌 츠치야의 손에는 약국 봉지가 들려있었다.

"어때, 샀어?!"

"어, 어어. 제대로 포도 맛이여."

"아아, 고마워라."

"그리고 청주도, 자."

츠치야가 등산용 륙색에서 꺼낸 것은 설마 하던 됫병 청주였다. 게다가 그 라벨이…….

"너, 일부러 집에서 가져온 거냐?"

"핫하~! 잘 모를 때는 가장 좋은 걸 둘러메고 가면 확실하다, 는 말이 있잖여! 너, 좀 큰일 난 것 같아서."

"……고마워."

그것은 야마구치현에서 만들어진 준마이다이긴죠 술이었다. 정가가 특별히 비싼 건 아니지만, 그 독특한 단맛과 강한 지역성에서 오는 희소가치로 인해 가격이 잘 오르는 경향이 있는 브랜드다.

큐슈에서는 특히 친숙한 술로, 타지에 일하러 갈 때 가져가는 사람도 많다. 그야말로 고향의 맛을 담은 술이다.

"너도 아껴 마시던 거잖아."

"됐어야. 단, 그걸 넘겨줬응께 전부 얘기해줘야 된다잉. 대체 뭔 일이다냐."

"아아, 사실은——."

"저기, 마츠토모 씨의 친구분인가요?"

"아, 미오 씨, 일어나서 왔나요. ……어라?"

뒤에서 미오 씨의 목소리가 들렸다. 돌아보니 체크무늬 잠옷 위에 분홍색 카디건을 걸친 미오 씨가 벽을 지지대로 삼아서 서 있었다. 흐트러져 있던 검은 머리칼은 손으로 빗어 간단하게 정리되어 있었다.

딱히 이상할 게 아무것도 없는데, 이 위화감은 뭐지.

"아, 안녕하세요, 츠치야 하루토입니다! 우오오, 겁나게 미인이구만. 야 맛츠, 완전 미인이잖어. 왜 저런 사람의 집에 있었다냐."

시선은 미오 씨에게 고정한 채로 내 어깨를 흔들흔들 흔들었다. 손에서 땀이 엄청나게 나는데.

"왜 두 번 말한 거야. 이 사람은 사오토메 미오 씨. 내 옆집에 사는 사람이고, 그, 내 고용주야."

"고용주? 상사 같은 게 아니라?"

"그래. 이 사람이랑 고용계약을 맺고 집안일 같은 걸 돕고 있어. 급여도 잘 나오고."

츠치야가 올 때까지 어떻게 설명해야 할지 생각했다. 아마 이런저런 수고를 생각하면 적당히 둘러대면 간단히 끝나리라.

하지만 막차 시간까지 일하는 게 당연한 직장에서 9시에 퇴근한 귀중한 날에 비장의 술을 가지고 달려와 준 츠치야에게 그런 짓을 하는 건 너무 실례되는 일이었다.

설령 잘 전해지지 않는다고 하더라도 솔직하게 이야기해야 한다. 그것이 내가 내린 결론이었다.

"이게 뭔 일인지, 이해가 안 되는디."

"제가 부탁을 했어요. 부끄럽게도 일밖에 없는 생활이라 사람을 그리워하는 마음이 커져서. 마츠토모 씨에게는 항상 신세를 지고 있어요."

아아, 그렇군.

처음 만나는 츠치야가 온 탓에 '사회인' 미오 씨가 나온 모양이다.

"그래서, 사오토메 씨? 제가 보니까 감기 걸려분 거 같은디."

"네, 건강에 주의를 기울이지 않은 게 탈이 나서. 츠치야 씨가 약을 사다 주신 거죠? 꼴이 이래서 죄송하지만, 정말 감사합니다."

"아뇨 아뇨! 이 정도는 암것도 아니죠!"

이 녀석, 미오 씨의 미소를 보고 노골적으로 태도를 바꿨어.

"유유상종이라더니, 마츠토모 씨의 친구분은 친절하시네요."

"아니, 그렇게 칭찬하시믄 쑥스러운디, 하하하."

"죄송해요, 몸이 별로 안 좋아서 저는 이만……. 다음에 다시 감사 인사를 드릴게요."

"괜찮아요~!…… 후~~~우."

몸조리 잘하세요~, 라며 미오 씨가 복도 너머로 사라질 때까지 손을 흔든 츠치야는 5초 정도 멍하니 한숨을 쉬더니, 이번에는 내 양어깨를 붙잡았다.

"맛츠~, 저 사람이 아까 전화기로 들린 목소리의 주인이냐? 인상이 꽤 다르잖여."

"얼굴 가까워, 기분 나빠. 그 뭐냐, 몸이 안 좋아지거나 지치거나 하면 어린애처럼 될 때가 있잖아? 미오 씨는 그게 조금 극단적이야."

조금 말이지.

밤의 미오 씨에 대해서는 그녀의 사생활과 관련된 이야기이기도 하니, 내 입으로는 아무래도 말할 수 없었다.

"근데 맛츠, 이래 좋은 일을 한다는 소리는 한마디도 안 했자네. 난 가발 뻐꾸기 아래서 뒤지기 일보 직전인디."

"아무 말 안 했던 건 미안해…… 잠깐, 그 녀석 가발 썼어?"

아마 가발 뻐꾸기는 다른 사람에게 일을 떠맡기는 탁란의 프로, 하야카와 과장을 말하는 것일 것이다.

내가 있을 때의 별명은 대머리 뻐꾸기였을 건데.

"갑자기 복실복실한 가발을 쓰고 와서는, '드디어 머리 기르기의 성과가 나왔어, 하하하. 노력하면 보답받는다, 알겠나?'라는 말을 했어야."

"무라사키는?"

"무슨 말을 하기 전에 목덜미를 잡아부렀지."

"잘했어."

무라사키는 우리의 후배였던 녀석이다. 츠치야에게 오락실로 끌려가 내가 고양이 인형을 뽑아준 1년 차 여사원이다.

몸집이 작고 동안이라 입사 당시에는 귀엽다며 칭찬이 자자했지만, 너무 진지하고 모든 말을 돌려서 하지 않고 직선 최단루트로 하는 탓에 입사 한 달 만에 사무실 분위기를 몇 번이나 꽁꽁 얼린 실적이 있다.

이번에도 무슨 말을 하지 않았나 불안했지만, 츠치야가 대처를 잘했다.

"그럼, 맛츠는 슬슬 사오토메 씨를 간병하러 가보더라고."

"그래. 오늘은 덕분에 살았어."

"그래, 수고혀. 아픈 사람한테 손대면 안 된다잉?"

"손 안 대, 아마도."

"아마도?"

"아마도."

최종적으로는 신에게 올리는 기도와 내 혀의 내구력에 달린 문제일지도 모른다. 그야말로 신만이 아는 세계다.

"이야~ 근데 사오토메 씨인가~. 사오토메 씨가 답례해주는 건가~."

"뭐, 기대해도 되지 않을까? 마케팅 일을 하고 고객 대응도 하는 사람이니 선물 같은 것도 잘 알 테니까."

아마 츠치야가 기대하는 야경이 보이는 레스토랑 같은 건 없겠지만. 힘내서 자력으로 불러봐.

"으헤헤. 그럼, 난 간다. 사오토메 씨한테 잘 전해주더라고."

"그래, 나도 어디서 밥 한 번 살게."

"그랴~."

큐슈남아라고 부르기에는 조금 온건하지만, 시원시원하고 고집 없고 정이 두터운 좋은 남자다. 비록 막차 시간까지 일하는 게 당연한 악덕 기업이라도, 이 녀석과 만난 것만으로도 들어간 가치가 있었다는 생각이 들 정도였다.

손을 팔랑팔랑 흔들면서 엘리베이터로 향한 츠치야는 도중에 무언가 떠올린 것처럼 멈춰 섰다.

"아."

"왜 그래?"

"아까 준 술 말인디."

"어."

"아픈 사오토메 씨만을 위해서 두고 가는 거니께 넌 마시지 마."

"뭐?"

"사오토메 씨랑 반쯤 동거하고 있는 데다가 입 다물고 있던 게 용서가 안 되네."

"뭐어?"

"그럼 쉬어라~."

"……어?"

아까 한 말 다 취소. 이 얼마나 지독한 녀석인가.

"몸은 좀 어떤가요, 미오 씨."

"조금 나아졌을지도……."

츠치야를 배웅하고, 나는 마실 수 없는 청주 됫병을 부엌에 두고 미오 씨의 침실로 향했다. 이불에 둘둘 싸여서 작게 숨 쉬는 미오 씨의 볼은 빨갰지만 몽롱한 느낌은 없었다.

"몸을 움직인 게 오히려 좋았던 걸지도 모르겠네요."

"그럴지도~."

"몸도 그렇지만 마음이 꺾이지 않아서 다행이에요, 정말로. 전 또 이전처럼 츠치야에게 한 작은 실수를 걱정해서 상태가 더 악화하지 않을까 싶어서……."

같이 쇼핑하러 간 날, 가게에서 이야기했는데 분위기가 별로였고, 점심으로 먹은 파스타의 소스를 한 방울 튀겼다는 이유로 죽을 만큼 후회하며 반성회를 연 전적이 있으니까.

"그야 츠치야 씨? 와는 한동안 만날 일이 없을 테니까……."

"……그게 무슨 상관이 있나요?"

"마츠토모 씨는 오늘만이 아니라 내일도 만날 거잖아?"

"뭐, 그렇죠."

"그런데 만약 내가 마츠토모 씨에게 오늘 미움을 받으면, 내일은 내가 너무너무 싫어서 참을 수가 없는데도 집에 오는 거잖아. 내 속이 쿡쿡 쑤실 거야……."

솔직하게 의문을 표한 나에게 미오 씨는 '당연한 이야기 아니야?'라고 말하는 듯한 표정으로 대답해줬다.

"안 싫어한다니까요. 만약 암만해도 얼굴을 마주 보고 있기 어려울 것 같으면 안 올 거예요."

"그건 싫어……."

"에에~."

"후우쨩이랑 모두가 있어도, 무조건 싫어……."

"어떻게 하라는 건가요."

"모르겠어……."

하지만 알 것 같다. 어렴풋하긴 해도 하는 말에 공감은 몰라도 이해는 됐다.

"뭐 그러니까, 츠치야랑은 며칠이나 안 만날 거라서 바로 거북해지지 않으니까 마음이 편하다는 거네요."

"……감사 인사는 제대로 말하러 갈 거야."

"장해요. 장해."

"치이~."

사이에 두는 일수가 많으면 정신적으로 편해져서 주눅 들지 않는 것 같다. 설령 그게 뒤로 미루는 것에 지나지 않는다고 해도.

응, 이 사람은 그거구나.

"그런데 미오 씨, 여름 방학 숙제는 미루는 타입이죠?"

"엣, 아밧, 차, 착실하게 전부 냈는데?"

정곡인가.

"정말이지, 올해는 계획적으로 해야 해요?"

"이젠 숙제 없는 걸……. 어, 없지?"

아무튼 허세를 부리는 게 아니라 정말로 대화가 될 정도로 차도가 보였다. 약간 수상하지만.

이 상태라면 약을 먹기 전에 영양을 조금 보충할 수 있을 것이다.

"그럼 전 요리하고 올게요. 죽은 치울게요."

조금 상태가 좋아졌다고 해도 무리하게 고형식을 먹이는 건 피하고 싶었다. 아깝지만 이번만은 넘어가자.

완전히 식은 죽 그릇을 들려고 하자 미오 씨의 작은 손이 옆에서 숟가락을 채갔다.

"더 먹을 거야."

"괜찮아요. 무리하게 먹어서 부담을 주면 낫는 게 늦어지잖아요."

"괜찮으니까."

숟가락을 놓지 않았다. 이 사람 이상한 데서 고집이 세네.

"달걀죽은 식으면 맛없는데요?"

"괜찮아."

영양적으로 봐도 베타화가 시작된 전분은 소화가 잘 안 돼서 감기로 약해진 소화기에 부담을 줄지도 모른다.

그렇다고 해서 이런 걸로 서로 고집을 부릴 수도 없고.

"그럼, 한 입만."

"응."

건네준 그릇에 미오 씨가 숟가락을 넣자 걸쭉한 경단처럼 된 죽이 얹혔다.

그것을 입으로 옮긴 미오 씨는 천천히 씹어서 삼켰다.

"……잘 먹었습니다."

"변변치 않았습니다. 음식을 함부로 하지 않는 건 좋지만, 그러다가 건강을 해치면 본전도 못 찾는다고요?"

"……아까는, 맛을 몰랐으니까."

그런 건가.

나는 미오 씨가 내민 8할 정도 남은 죽 그릇을 받아서 살짝 뚜껑을 덮었다.

"건강해지면 야식으로 또 만들어줄게요. 질냄비로 만든 진짜를 보여줄 테니 같이 먹어요."

"응, 약속."

그러기 위해서도 빨리 나았으면.

다행히 감기 기운이 빠져서 가벼운 것이라면 먹을 수 있게 되었다. 츠치야가 가져온 재료도 있다. 이번에야말로 다시 상태가 나빠지기 전에 제시간에 맞출 수 있도록 만들자. 부엌으로 이동한 나는 완전히 손에 익은 냉장고를 열었다.

"달걀을 많이 사둬서 다행이야."

이번 재료는 아까보다 더 간단하다.

"달걀, 청주, 설탕, 꿀…… 응, 두유도 남아있네. 쓰자."

이것도 감기에 걸렸을 때 먹는 건강식으로, 죽에 필적하는 정석 중의 정석이다.

다만, 요즘에는 만화나 애니메이션에서나 나오지, 실제로 직접 해 먹는 사람은 거의 없을 거다. 나도 스스로 만드는 법을 익히기 전까지는 그랬다.

"달걀을 풀어서 체에 거르고 설탕과 꿀을 섞은 다음……."

조리의 시작은 달걀 처리다.

이때 덩어리지지 않도록 달걀을 잘 풀어두는 게 중요하다. 정성스럽게, 또 정성스럽게 푼 달걀이 골고루 노란 액체가 되도록 걸러냈다.

"청주를 컵에 반 따라서, 전자레인지에 넣고 돌려 알코올을 날리고……."

따뜻한 물을 조금 붓고 섞는다.

"이걸 푼 달걀에 잘 섞으면서 천천히 배어들게 한 뒤에……."

급하게 하면 달걀이 굳어서 달걀국처럼 돼버린다. 천천히 조금씩 부어야 푸딩처럼 번들번들한 노란색 액체가 된다.

"마지막으로 두유를 살짝 넣으면 끝."

맛을 부드럽게 하려면 우유를 넣는 게 좋지만, 미오 씨는 콩을 좋아하고, 감기 걸린 사람의 위장에도 두유가 도움이 될 거다.

"좋아, 맛도 괜찮네. 영양가도 많으니 괜찮겠지."

지금은 편의점이나 약국에서 쉽게 살 수 있는 영양식과 젤리 식품도 불과 수십 년 전에는 자취를 찾아볼 수 없었다. 그리고 그런 영양식들이 탄생하기 전까지 몇백 년이라는 세월 동안 그 역할을 한 것이 바로 '영양보조유동식'이다.

"완성."

이게 바로 '달걀술'이다.

머그컵 속에서 노란 액체가 걸쭉하게 파도쳤고, 달콤한 향기가 부드럽게 피어올랐다.

"달걀술을 집에서도 만들 수 있구나~."

"네, 전자레인지로도 간단하게 만들 수 있어요."

"어떻게 하는 거야?"

"우선은 달걀을 풀고 설탕과 꿀을 넣어서……."

미오 씨는 내가 이야기하는 레시피를 흥미진진하게 들으면서 노란 달걀술을 꿀꺽꿀꺽 마셨다.

"잘 먹었습니다~. 달걀술은 이런 맛이었구나."

"다 나으면 다시 가르쳐줄게요. 같이 만들어요."

"만들래~."

"그럼 이제 약 먹어야죠~."

미오 씨의 얼굴이 굳었다.

하지만 이 집에는 이미 문명의 이기가 있다. 츠치야가 가져온 이 물건이 있으면 먹을 수 없는 약 따위는 없다.

"꺼낼 때 느껴지는 이 흐물흐물한 감촉이 묘하게 좋단 말이지……."

"포도 맛?"

"포도 맛이에요."

텔레비전에서는 접시에 젤리를 꺼내 약을 얹고 거기에 젤리를 더 씌워서 숟가락으로 떴지만, 그렇게 하면 하나 정도는 금방 없어져 버리니 이번에는 숟가락에 직접 꺼내서 썼다.

"자, 아~."

"아~~~~."

······작은 새를 키우는 생활이라는 게 이런 느낌일까.

"네, 잘 먹었네요. 이제 푹 자면 나을 거예요."

"응, 그럼······."

"안 돌아가요. 미오 씨가 잘 때까지 거실에 있을게요."

아마 심야 잔업을 걱정하고 있을 것이다. 이 사람은 그런 걸 신경 쓴단 말이지.

"······고마워."

"네, 안녕히 주무세요."

"잘 자······."

나는 침실의 불을 끄고 거실의 소파에 앉았다.

◆ ◆ ◆

"······그러니까, 네······, 네······."

잠결에 미오 씨의 목소리가 들렸다. 전화 중인 걸까?

"······잘 알겠습니다. 거기서······."

희미하게 눈을 뜨니 밤이 완전히 밝아 커튼 틈으로 아침햇살이 비치고 있었다.

"음……? 그대로 자버렸나……?"

미오 씨를 재운 뒤, 나도 어느샌가 소파 위에서 잠들어버린 듯했다. 비싸 보이는 외관대로 잘 만들어진 소파인지, 몸의 마디마디가 비명을 지르지 않는 게 다행이었다.

몸을 일으키려다가 자신에게 분홍색 이불이 덮여 있는 것을 알아차렸다.

"미오 씨가 덮어준 건가."

"……네, 그렇습……, 그러니 예산은…….

소파의 사각이라 안 보였지만, 거실에서는 미오 씨가 전화하는 목소리가 들렸다. 컨디션은 완전히 회복한 듯했다.

열이 그렇게 났는데 다음 날 아침에 벌써 업무 전화를 하고 있다니, 정말 일밖에 모르는 사람이다. 그런 점도 미오 씨답다면 미오 씨다웠다.

그렇다면. 나도 내 일을 하도록 하자.

"그럼, 지금부터 커피를 타면 시간에 맞으려나. 나도 잠을 깨기 위해 한 잔……."

"알겠습니다. 아, 사다 씨, 미안한데 작년 경리 파일을 가져와 줄 수 있어? 사다 씨가 이끈 그 프로젝트의 예산이 실려 있는 파일."

……응?

뭔가 이상하다.

전화로 지시를 내리는 것 치고는 묘하게 현장감이 있다고 해야할까. 마치 회사 데스크에 있는 듯한 말투인데. 설마 사다 씨라고 하는 사람이 집에 있는 건가.

"기다리게 해서 죄송합니다. 네, 그러면 여기서 잠깐 검산해 봅시다. 그러니까, 작년부터 엔 달러 환율이 3엔 정도 엔이 높았으니까……. 사다 씨, 자료는 아직이야? 왜 자리에서 안 일어나는거야?"

"미오 씨……?"

소파에서 일어나 미오 씨가 있는 곳을 돌아본 나는 눈앞의 광경을 이해하길 포기했다.

"저기 사다 씨, 내가 뭐 잘못했어……?"

속옷에 블라우스 차림의 미오 씨가, 츠치야에게 받은 양갱을 귀에 대고 낫토를 고속으로 휘저으면서 후우짱에게 지시를 내리고 있었다.

도저히 영문을 알 수 없는 광경.

"습~~~~~~하~~~~~~."

나는 크게 심호흡했다.

"상황을 분석하자."

심호흡으로 빨아들인 산소를 전부 뇌로 보내고, 방 전체를 빠짐없이 관찰했다.

순간적으로 가속한 사고는 혼돈한 실내에서 필요한 정보를 픽

업해 나갔다.

　■이불
미오 씨가 덮어준 것. 나를 깨우지 않도록 마음을 써준 것 같다.
분홍색 팬더 무늬.
　■어질러진 부엌
부엌을 사용한 흔적.

"잠에서 깬 미오 씨는 나를 깨우지 않고 부엌에서 뭔가를 만들
려고 했다……."

　■청주
부엌에 나와 있다.
츠치야가 준 야마구치의 명주. 나는 마시지 못한다.
　■설탕
부엌에 나와 있다.
평범한 흰설탕.
　■꿀
부엌에 나와 있다.
100% 연꽃꿀.
　■두유
부엌에 나와 있다.

아직 차가우니 냉장고에서 꺼낸 지 15분 이내.

■ 냄새

낫토 냄새밖에 안 난다.

"나와 있는 물건들이 '달걀술'의 재료와 일치하는군. 하지만 청주를 가열했을 때 나는 특유의 냄새가 전혀 없는데."

■ 벗어 던진 잠옷

미오 씨의 춘추용 잠옷. 상의와 하의가 따로따로 널브러져 있다. 체크무늬.

■ 슬리퍼(오른쪽)

침실에 남겨져 있다. 왼쪽은 미오 씨가 신고 있다. 곰돌이 무늬.

■ 미착용 치마

입으려다가 포기한 흔적.

■ 낫토 팩 뚜껑

네 팩 분량. 테이블 위에 방치.

단서는 이상이다. 이 단서를 바탕으로 일어난 일을 재현한다.

"좋아, 가장 유력한 추리는……."

──약 15분 전.

"벌써 아침이네. 아직 열이 조금 있는 것 같지만…… 응, 이제 움직일 수 있어."

잠에서 깬 미오 씨는 침대에서 일어나 침실에서 나와 거실 소파에서 자는 나를 발견한다.

"마츠토모 씨, 계속 여기 있었구나. 지금은 자게 두자."

나에게 이불을 덮어주고 부엌으로.

"어젯밤에는 저녁을 안 먹어서 뭔가 먹고 싶은데……. 맞다, 어제 마츠토모 씨에게 배운 달걀술을 만들까. 일하기 전이지만, 알코올은 거의 없는 것 같으니까."

그러나 미오 씨는 몰랐다.

내가 시간을 들여서 알코올을 날려서 만들었다는 것을.

"먼저 달걀을 풀어서 설탕과 꿀을 섞고……."

재료를 꺼내 조리를 시작하는 미오 씨.

원래 요리가 서툰데다가 열이 나 몽롱한 상태로 들은 탓에 레시피가 불완전.

그 탓에 청주를 전자레인지로 데워 알코올을 날리는 필수 과정을 잊어버리는 실수가 발생.

"뭔가 다른데……. 뭐, 처음이니까 마츠토모 씨랑 똑같이 될 리가 없겠지."

알아차려 주세요, 미오 씨. 상당히 달라요.

"응, 응. 푸하아. 역시 다음에 제대로 배울까……. 뭔가, 그냥 술 같아. 전혀 맛있지 않아……."

그야 술이니까요. 청주에 날달걀과 설탕을 섞었을 뿐이니까요.

"자 그럼, 일하자 일. 어제 고비를 넘겼다고 해도 바쁘니까."

이 술의 도수는 16도. 다른 청주와 큰 차이는 없지만, 아침부터 한 번에 들이키면 당연히 취한다.

"옷 갈아입고~, 회사에 가야지~……."

취기가 돌기 시작한 몸으로 비틀비틀 침실로. 스마트폰과 착각하여 양갱을 휴대.

이동하면서 잠옷을 벗어 던지고 침실의 옷장에서 일할 때 입는 치마와 블라우스를 집어 든다.

"아, 맞다~. 손님한테 전화해야지~."

익숙한 손놀림으로 양갱을 조작한다.

"여보세요, 안녕하세요, 사오토메입니다. 네, 어제는 감사했습니다. 회사에 도착하면 메일을…… 어라, 여기가 회사였나……?"

치마를 입는 걸 잊은 채로 양갱으로 통화 개시. 혼란한 머리는 여기를 회사라고 착각했고, 현재에 이른다.

"……과연, 이렇게 속옷에 블라우스만 입은 상태로 집에서 일하는 미오 씨가 완성된 건가."

그러나 과정은 이해했어도 여전히 의문이 남아있었다.

"특히 저 낫토는 도대체 뭔지 전혀 모르겠네. 아무튼 말려야겠어."

미오 씨에게 다가가니, 부하인 사다 씨(후우쨩)가 말을 듣지 않아 완전히 울상이 되어 있었다.

"미오 씨, 우선은 안녕하세요."

"마츠토모 씨이, 다들 아무 말도 안 해……."

이런, 벌써 스트레스로 유아퇴행 했어.

"후우쨩은 원래 말을 안 해요. 정신 차리세요."

"아아쨩은 말했는걸……. 이제 싫어, 집에 갈래……."

"여기가 집이에요, 미오 씨. 자, 낫토 놓으세요."

"그럴 리가 없어, 여긴 회사인걸. 주판, 내 주판 돌려줘……."

"세계와 싸우는 기업은 JOOPAN의 시대인 건가……?"

아무래도 낫토는 미오 씨 안에서는 주판인 듯했다.

손님과의 협의에 쓰려고 가져왔을 것이다. 4팩 분량이나 섞어서 어쩌려는 거지.

"우에에에…… 일을 할 수 없어어…… 회사가 망해버려……!"

"음, 어떡하면 좋을지 전혀 모르겠네."

이렇게 된 이상 하는 수 없다. 한 명의 지혜보다 두 명의 지혜에 걸어보자.

나는 스마트폰을 꺼내 어젯밤의 통화 이력을 불러왔다.

'뚜루루루루'

'네, 츠치야입니다.'

"나야, 마츠토모야. 잠깐 괜찮냐?"

'네, 어떤 용건인가요?'

전화기 너머의 츠치야는 어제와 전혀 다른 사람인 양 사무적인 말투로 말하고 있었다.

아무래도 이미 출근해서 가발 뻐꾸기가 옆에 있는 듯했다.

"일하는 중에 진짜 미안한데 지혜를 빌려주면 좋겠어. 너, 주판 써본 적 있어?"

'……뭐? 아, 네, 학생 시절에 대강 습득했는데.'

"그거 다행이네. 그 노하우를 살려서 같이 생각해줘."

'무엇을 말이죠?'

"낫토를 주판이라 믿으면서 회사를 구하려고 하는 여성을 어떻게 말리면 될까?"

'뭐시여?!'

잠깐의 공방전 끝에 츠치야의 생각대로 얼음을 먹었더니 평소의 미오 씨로 돌아왔다.

미열이 나는 데다가 술기운이 있는 채로는 회사에 갈 수 없어 결국, 미오 씨는 일 하루 쉬게 되었다. 나은 지 얼마 안 됐는데, 무리하지 않고 끝나 결과적으로 잘 됐다고 생각했다.

아마도.

| 제 5 화 | '사오토메 씨는 여동생을 갖고 싶어' | |

"자, 미오 씨, 빨리 손을 치우고 열어서 보여주세요."

"좀 부끄러운데……."

"아뇨, 안 돼요. 오늘에야말로 볼 거예요."

"으으……."

다소 강압적이지만, 우리 두 사람이 언젠가 거쳐 가야 하는 길이다. 오늘은 마음을 독하게 먹어야만 한다.

"자, 숨기지 말고."

"……네."

내가 재촉하는 대로 미오 씨는 굳게 쥔 손을 펼쳐서…….

◆ ◆ ◆

"끝났다~!!"

"짐 정리, 완료!"

내가 미오 씨네 집으로 전직하고 3주 차 마지막 날인 오늘.

조금씩 꾸준히 해온 짐 정리가 드디어 전부 끝났다. 이전에 바닥을 메우고 있던 대량의 박스는 지금은 자취를 감췄고, 토요일 낮에 어울리는 온화한 햇볕이 완전히 드러난 마룻바닥의 나뭇결을 눈부시게 비추고 있었다.

"이 집이 이렇게 넓었구나. 이사하기 전에 미리 보러 왔을 때가

월 500을 받아도 사는 보람이 없는 옆집 누나에게 300에 고용돼서 '어서 와'라고 말해주는 일이 즐겁다

생각났어."

"미오 씨, 2LDK에서 혼자 사는데도 바닥 면적이 아슬아슬한 건 심상치 않다고요."

애초에 식기류나 책 등이 든 박스는 내가 일찌감치 정리해뒀었다.

문제는 미오 씨의 사생활에 관련된 물건이 든 박스였다.

"평일에는 일 때문에 피곤하고, 휴일에는 제가 없으니까 짐을 풀 생각을 안 했잖아요. 이거 봐요, 이 박스는 너무 오래 놔둬서 테이프가 찐득찐득해졌어요."

"으."

"게다가 마지막에는 손으로 숨겨가며 쓸데없는 저항까지 했으니⋯⋯. 그렇게 보여주기 싫었으면 제가 없는 날에 얼른 정리했어야죠."

"마, 마음의 준비라는 게 있잖아?"

"그렇다고 해서 2년 동안 뜯지도 않고 바닥에 방치하는 건 너무하지 않나요."

"으극."

미오 씨는 더는 반박할 말이 없다는 듯이 바닥에 쭈그리고 앉았다. 개봉했을 때의 부끄러움이 되살아난 것이리라.

"⋯⋯어쩔 수 없잖아. 역시 뭐랄까, 옛날 앨범이나 일기는 내 손으로 열기에는 좀 부끄러운걸."

"그렇게 계속 미뤄서 이렇게 된 거잖아요?"

"으으, 설마 휴일에 같이 치우기 위해 이렇게 법의 허점을 찌를 줄이야……."

"사회제도의 허점을 찌르는 방법만은 전 직장에서 질릴 만큼 봤거든요."

정리를 거듭한 끝에 가장 마지막에 남은 건 바로 미오 씨의 일기장과 앨범이 든 상자였다.

나는 타인이 열어볼 물건이 아니라고 생각해서 상자를 통째로 치우려고 했으나, 미오 씨가 열지도 않고 치우는 건 내키지 않는다고 해서 결국 미오 씨에게 맡겨두었는데, 아무리 시간이 지나도 상자는 열릴 기미가 보이지 않았다.

이대로는 끝이 없겠다 싶었던 나는 강행 수단을 쓰기로 했다.

"설마 평일에 내 집에 있는 시간을 줄여서 근무시간 부족으로 휴일 출근을 만들다니."

"전에 다니던 회사에서 자주 쓴 수법이에요. 쓰는 방법은 반대였지만."

"반대라니, 주말에 회사에 나가서 대체휴일을 받았다는 거야?"

"앞부분만 맞아요."

샐러리맨은 휴일에 일하면 대체휴일을 받을 수 있다. 하지만 휴일 근무시간이 규정보다 짧으면 휴일도 온전한 하루 분량이 나오질 않는다. 자세한 설명은 생략하겠지만, 그 구조를 이용해서 주 7일 출근을 시키는 회사의 수법을 알았을 때는 인류의 지성은 진화 방향을 잘못 잡았다고 확신했었다.

월 500을 받아도 사는 보람이 없는 옆집 누나에게 300에 고용돼서 '어서 와'라고 말해주는 일이 즐겁다

"그런 일이……."

"후배에게 그런 현실을 가르쳐주는 역할을 다른 사람에게 맡긴 게 마음에 걸리네요."

아마 동기인 츠치야가 그 역할을 이어받았을 것이다. 생각하는 것만으로도 마음이 아팠다.

"세상에는 아직 내가 모르는 일이 많구나."

"몰라도 되는 일이에요, 아마도."

그리하여 토요일 아침에 미오 씨의 집으로 '출근'한 나는 어떻게든 미오 씨를 설득해 박스를 개봉했고, 부지런히 책장으로 옮긴 끝에 방금 막 간신히 정리를 끝냈다. 이로써 미오 씨가 이 집에 온 뒤로 2년 이상 이어진 짐 풀기가 겨우 끝을 보았다.

이 방에 발을 들였을 때는 텅 비어있던 책장이 꽉꽉 채워져 있는 걸 보니, 뭔가 감개무량했다.

"그건 그렇고 미오 씨, 졸업 앨범까지 가져왔네요."

"그냥 가져왔어. 카나가와에 있는 고향 집에 둬도 자리만 차지할 거니까."

"아아~ 저도 고향 집에서 나올 때 가져갈 수 있는 건 다 가져가라는 말을 들었어요."

란도셀을 버리기까지는 장장 5일을 고민했다. 지금까지 인생을 살아오면서 탑3에 드는 괴로운 결단이었다.

"란도셀은 어렵지……."

"졸업 앨범이나 란도셀 같은 추억의 물건은 가~끔씩 보고 싶어지니까요."

"……내 건 보면 안 된다?"

"그런 짓은 안 한다니까요. 맞다, 추억이라 하니까 생각났는데요."

"응?"

"전에 미오 씨가 감기에 걸린 날부터 궁금한 게 있는데."

"뭐가?"

열 때문에 정신이 몽롱해져 있던 미오 씨가 자꾸 하던 말이었다. 그것도 아마 미오 씨의 추억과 관련된 것일 것이다.

"'아아쨩'은 누구인가요?"

"……마츠토모 씨가 어떻게 그 애를?"

"미오 씨가 한 말이잖아요? 방 안을 뒤집어엎고 '아아쨩이 없어'라면서 진지하게 말했을 때는 무슨 일인가 싶었어요."

"그랬구나……. 나도 참, 그런 짓을."

조금 크게 뜨인 미오 씨의 눈이 평소의 온화한 눈으로 돌아갔다.

전에 걸린 감기가 완치되고 나서 안 것인데, 미오 씨는 열이 높았을 때 일어난 일을 어렴풋하게밖에 기억하지 못했다. 집에 돌아와서 달걀죽과 달걀술을 먹고, 내 친구인 츠치야가 왔었고…… 그 정도밖에 기억을 못 했다.

자신의 방을 뒤집어엎은 것은 거의 기억에 없는 듯했다.

"들어본 느낌으로는 인형의 이름이 아닌가 싶은데."

"맞아, 초등학교 4학년 가을까지 소중히 하던 말하는 인형이야."

"아~, 그런 게 있었죠. 배를 누르면 '안녕!' 같은 말을 하는 장난감이죠."

"맞아 맞아, 그런 거야. 생긴 건 후부키랑 좀 닮았어."

오히려 아아쨩을 닮았으니까 똑같은 흰 여우인 후우쨩을 골랐을 것이다.

"이미 버렸나요?"

"어떤 일 때문에 잃어버렸어. 이미 옛날 일이라서 기억이 잘 안 나."

"어릴 때의 장난감은 그런 경우가 많죠……."

그 여름날 해수욕에 갔다가 같이 돌아오지 못한 섬광전대 치바시가사가*의 치바 레드 인형을 떠올렸다. 아버지가 사주신 나의 히어로는 지금도 이시가키 섬의 바다를 지키고 있을까.

왠지 모르게 노스탤지어에 잠겨있자, 미오 씨가 손뼉을 팡 치면서 일어섰다.

"그럼, 점심때도 완전히 지나버렸으니 뭔가 먹자!"

시계를 보니 시각은 오후 2시 반. 아침부터 시작했을 텐데, 작업에 집중하다 보니 시간이 훌쩍 지나있었다.

"샌드위치라도 만들까요."

"시간도 늦은 편이고 짐 정리 완료 기념으로 먹으러 가자. 근처에 3시까지 점심을 하는 카페가 있으니까 답례로 대접할게."

---

*치바! 시가! 사가!: 코미디언 콤비 라멘즈가 연기한 콩트 '일본어 학교 이탈리아 편'에서 나온 대사의 패러디. 콩트가 기괴하여 인터넷에서 인기를 끌었다

"아뇨 아뇨, 괜찮아요."

"어머, 걱정 안 해도 된다고?"

"하지만……."

"휴일 출장 취급해서 2만 엔 줄 테니까."

"아니, 그런 걱정은 안 했는데요?"

저번 휴일 출근 수당은 만 엔이었지만, 이번에는 출장이라는 명목으로 할증이 붙어 2만 엔인 모양이었다.

다만 그걸 넙죽 받을 수는 없었기에 이러니저러니 교섭을 거친 끝에 휴일 출장 수당으로서 점심을 얻어먹는 것으로 타협했다. 미오 씨와 외출할 때마다 교섭을 벌이니, 슬슬 사규를 정하는 편이 좋을지도 모르겠다.

제4항 '카페에서 먹는 밥에 관한 조항'. 이런 식으로 되겠지만.

◆ ◆ ◆

2시간 반 후, 오후 5시.

하지가 가까워 길어진 해도 기울기 시작한 무렵, 난 맨션의 엘리베이터로 돌아왔다. ……멘탈이 퇴행하기 시작한 미오 씨를 데리고.

"맛있었어~. 난 새우튀김이 좋아~."

"그허네허~. 저도 흘거워허요."

"정말~?"

"헝말, 헝말."

"……미안해. 정말 미안해."

"돼허요. 하힌따위는 절 훅일 수 없허요."

'캐롤라이나 리퍼.'

스코빌 지수 220만을 자랑하는 지독하게 매운 고추. 2013년 시점에는 매운 것으로 기네스 세계기록에 등재되었다.

사실상 독극물이나 마찬가지인데, 그걸 주원료로 한 데스소스를 발견한 것이 운명의 분기점이었다.

"왜 그헌 거흘 둔 걸까효, 그 카페는."

"미안해……."

계기는 호기심이었다. 카페에 놓여있는 거니, 데스소스라고 해도 그렇게 맵지는 않겠지 하고 파스타에 살짝 넣은 게 화근이었다.

휘발한 대량의 캡사이신에 의한 자극과 고통 때문에 밥을 먹을 상황이 아니게 된 미오 씨에게 멋진 모습을 보여주려고 요리를 교환하자고 한 바보가 있었다.

나였다.

"마츠토모 씨가 대신 준 새우튀김 런치, 맛있었어. 정말이야."

"미오 히가 준 파스타도 마이헛어요. 하하하."

일단 지금부터 할 일은 정해졌다.

"우노라도 할래혀?"

"할래……."

내가 같이 있지 않으면 미오 씨는 그대로 혼자 반성회를 시작할 거다. 어차피 나도 오늘은 우노 말고 다른 일은 못 할 것 같은 느낌이 들었다.

오늘은 어떨까, '두 장 남았을 때 우노 논콜 하기' 룰이라도 할까.

그런 생각을 하다 보니 엘리베이터는 6층에 도착했다. 문이 열리자 벽돌풍 타일이 깔린 여느 때와 같은 복도가…….

"……마츠토모 씨?"

"어……?"

보라색 슈슈로 묶은 살짝 짙은 갈색 머리카락. 슈슈와 색깔이 비슷한 보라색 원피스로 작은 몸을 감싸고 손에는 작은 종이봉투를 든 여자가 내 집 앞에 서 있었다.

"마츠토모 씨, 아는 사람이야……?"

"그분은 누군가요, 선배."

앞뒤에서 똑같은 질문이 날아왔다.

"혹시 여자 친구분인가요? 데이트 중이었다면 죄송하지만, 저도 볼일이 있어서요."

"저, 저기…….'"

"소개가 늦었습니다. 전 마츠토모 선배에게 일을 배운 무라사키라고 합니다."

605호실 앞에 서 있던 사람은 이전 회사의 1년 후배였던 무라사키였다.

일단 건강해 보여서 다행인데…….

압력이 무시무시했다.

예의 바른 말투와 점잖은 목소리, 무표정이 한데 모이자 말 한 마디 한마디가 찌르는 듯이 차가웠다. 복도가 말이 얼어붙는 땅으로 변했다.

무엇보다 이게 악의 없는 디폴트 상태라는 게 무서웠다.

"아바바바……."

평소에 역전의 베테랑 사원들을 상대로 솜씨를 발휘하는 미오 씨가 미지의 압력에 떨고 있었다.

이 자리는 내가 해결하는 수밖에 없다. 나는 이쪽을 가만히 바라보는 후배의 이름을 불렀다.

"후라화히."

이름을 발음하지 못했다.

"선배?"

"아, 아니, 이건."

"설마, 저 사람에게 혀라도 뽑힌 건가요? 선배. 아니면 티오펜탈(마취제)인가요? 선배."

"무셔어."

"저기, 그, 나 때문인 건 맞아……."

"이렇게 말씀하시는데요."

"아니, 그어니까."

"선배, 여전히 다른 사람을 위해서 자신의 몸을 깎고 계시네요. 하지만 설마 생리적으로 혀를 깎아내다니……."

그랬다, 이런 녀석이었다.

머리는 좋지만 바보였다.

"아니야~. 아니, 있허나."

이전에 미오 씨를 간병하다가 혀를 씹어서 자를 뺀했던 것 같은데.

"츠치야 선배한테서 '맛츠는 호스트나 보육사가 되었다'고 들었는데, 몸을 떼어서 팔지 않으면 생활을 할 수 없다니……."

"아바바바바바바바."

"조하."

혼돈의 극을 달리는 상황을 수습하기 위해 나는.

"5분 기다혀."

자신의 집으로 뛰어 들어가.

"저넌 온!"

포트로 물을 70℃까지 끓여서.

"우오오오오!!"

마셨다. 혀에 남은 캡사이신을 씻어내기 위해서다. 이제 대화할 수 있다.

"후우우우."

결점은 캡사이신이 떠올라서 일시적으로 매운맛 지옥을 맛보는 것이지만.

우유를 사둘 걸 그랬다.

◆ ◆ ◆

"오래 기다리셨습니다."

틀어박힌 지 4분 30초 후, 난 집에서 다시 복도로 나왔다.

그곳에는…….

"…………."

"…………."

"포즈가 티끌만큼도 안 바뀐 것 같은데."

내가 방에 뛰어 들어간 순간부터 복사해서 붙여넣은 듯한 변함없는 광경이 펼쳐져 있었다. 빨갛게 물들기 시작한 하늘을 떠다니는 뭉게구름밖에 움직이지 않았다.

"넓적부리황새와 나무늘보의 영역 다툼인가……?"

"수고하셨어요, 선배."

"무라사키, 처음 만나는 사람이랑 5분이나 아무 말 없이 서로 바라보는 건 이래저래 좀 그러니까 가능하면 잡담 같은 거라도 해."

"다음부터는 그렇게 할게요. 잠깐 관찰을 좀 하느라."

일할 때도 똑같이 하고 있진 않을까, 이 아이.

직장 근황은 나중에 듣기로 하고, 지금은 다른 한 명이 걱정됐다.

"그래서 미오 씨는……."

"마, 마츠토모 씨, 잠깐, 잠깐만."

넓적부리황새에서 겨우 인간으로 돌아온 미오 씨는 내 손을 잡더니 복도 구석의 조금 떨어진 곳으로 끌고 갔다.

"저 애, 무라사키 씨? 라는 사람은 누구야?"

"제가 전에 다니던 회사 후배였던 녀석이에요. 왜 갑자기 찾아온 건지……. 이직하고 나서는 접점도 없었는데."

"그렇구나……."

"죄송해요. 본성이 나쁜 녀석은 아닌데 상식을 조금 모르는 면이 있어서. 실례를 저질렀다고 생각하지만 용서해주시면——"

"마츠토모 씨."

미오 씨가 말을 막았다.

지금 깨달았다. 미오 씨는 나를 보고 있지 않았다. 시선은 무라사키에게 고정한 채로 움직이지 않았다.

"나, 아까 전까지 쟤 관찰했는데."

"말없이 서로 마주 보고 있는 줄 알았는데 서로 관찰하고 있었군요?"

"그래서 알아낸 게 있어."

"호오?"

뭘까, 서로 여자이기에 알 수 있는 게 있는 걸까.

화장품을 어떻게 쓰는지를 보면 성격이 나온다거나, 머리 스타일로 좋아하는 사람이 있는지를 알 수 있다거나.

"쟤, 귀여워."

"아…… 예, 뭐, 그렇죠. 귀엽다고 생각해요, 네."

예상을 한참 벗어난 대답에 허를 찔려 나도 모르게 앵무새처럼 대답했다. 무슨 소리를 하는 거야, 이 사람은.

"말한 적 없었나? 난 계속 남동생이나 여동생을 가지고 싶었어."

"처음 들었는데요."

"남동생 욕구는 마츠토모 씨가 와줘서 조금 채워졌지만……."

"남동생 욕구라니……."

난 식욕뿐만 아니라 그런 욕구도 채워주고 있었나.

"역시 여동생도 가지고 싶어."

"그래서요?"

"쟤가 좋아."

"예? 무슨 말을 하는 건가요, 미오 씨."

"쟤를 여동생으로 삼고 싶어."

"그런 건 아버지나 어머니나 산타 할아버지한테 부탁하세요."

"28살 차이면, 딸이나 마찬가지인데……."

미오 씨의 눈빛이 살짝 아련함에 젖었다.

이 나이대의 미혼 여성이 이런 이야기에 민감하다는 걸 잊고 있었다.

"아~…… 그래도 말이죠, 갑자기 여동생으로 삼고 싶다고 해도 제가 어찌 할 수 있는 게 없는데요. 그리고 미오 씨, 정말로 그렇게 되면 계속 만나게 될지도 모른다고요?"

상대가 빈번하게 만나는 사람일 때는 뭔가 실수해서 미움받는 게 무섭다고 이전에 스스로 말했었다. 그런데 그런 미오 씨가 여동생이라는 관계를 원할 줄이야. 솔직히 생각도 못 했던 만큼 나도 놀랐다.

"아이는 좋아해. 저 정도로 작은 애라면 괜찮을지도."

"미오 씨, 무라사키는 22살이에요. 일단은 어른이라고요."

"응? 알고 있는데?"

"알고 있다면 괜찮지만."

아무래도 미오 씨가 보기에 어린아이 같으면 괜찮나 보다.

확실히 키가 150cm도 안 되지만. 회사의 누군가가 초등학교 5학년 딸을 데리고 왔을 때도 노골적으로 옆에 나란히 서지 않으려고 했지만······.

참고로 무라사키는 나보다 1년 후배지만, 나와는 달리 생일이 아직 지나지 않아 2살 차이가 난다.

"아무튼 마츠토모 씨한테 볼일이 있어서 온 거지? 소개해줘, 자자 얼른얼른."

이번에는 등을 떠밀려 원래 있던 곳으로 돌아왔다. 다시 미오 씨와 무라사키 사이에 끼었다.

"이야기는 끝났나요?"

"아, 어어. 기다리게 해서 미안해. 그래서 오늘은 웬일이야? 갑자기 와서 놀랐어."

"마츠토모 선배에게 선배의 물건을 전해주라고 어긋난 뻐꾸기 과장님에게 지시를 받아서요."

별명에 굳이 직함을 붙여서 부르는 이 느낌, 무라사키와 재회했다는 느낌이 들었다.

"아~ 그런가. 너무 갑작스러워서 내 물건을 회사에 그대로 두고 잊어버렸어······ 아니, 어긋난 뻐꾸기?"

"지금은 어긋난 뻐꾸기 과장님이라고 불리고 있어요."

"츠치야는 가발 뻐꾸기라고 하던데?"

"갱신됐어요."

대머리 뻐꾸기→가발 뻐꾸기가 되어서 가발이 어긋난 건가~ 그렇구나~.

"쉬는 날에 미안해. 내 개인 물건이라고 해도 머그컵 정도밖에 없지?"

"그거랑 사물함에 있던 예비 넥타이에요."

무라사키가 들고 있는 종이봉투가 내 물건인 듯했다.

양손으로 내민 종이봉투를 받으니 내가 쓰던 100엔 샵에서 산 머그컵과 예쁘게 개인 798엔짜리 넥타이가 엿보였다.

"오오, 고마워."

"사실은 더 빨리 가져오고 싶었지만, 휴일도 회사 일로 바쁠 때가 많아서……."

"그런가. 여전히 바쁜 모양이네."

"그래서 선배, 저분은 누구죠?"

현실의 혹독함도 극복한 건지 느끼지 못하고 있는 건지 모르겠지만, 무라사키의 관심은 내 뒤에 있는 미오 씨에게 옮겨간 듯했다. 그럼 미오 씨의 리퀘스트도 있으니 소개하도록 하자.

"아아, 이 사람은 이웃집에 사는……."

"사오토메 미오입니다. 마츠토모 씨에게는 항상 신세를 지고 있습니다."

누님 목소리다.

일할 때 내는 목소리와도 평소에 내는 목소리와도 달랐다. 미오 씨가 누이 되는 자의 목소리를 내고 있었다.

"다시 인사드려요, 무라사키입니다."

"저기, 성 말고 이름은?"

"으."

지극히 자연스러운 질문을 듣고 무라사키는 한발 물러섰다. 생각지 못한 반응에 미오 씨는 두 발 물러섰다.

"제, 제가 무슨 짓 했나요?"

"무라사키, 이 사람은 괜찮아."

"……으으."

"네?"

"무라사키 키란, 이에요."

무라사키의 풀네임, 무라사키 키란. 히라가나로 '키란'이다.

채용 기간에 드디어 기발한 이름을 가진 세대가 우리 회사에도 온다며 화제가 됐던 게 그립다. 본인도 이래저래 신경을 쓰는지 이름은 별로 말하려고 하지 않았다.

"아, 그러니까, 키랑 몸무게라고 말할 때의 키랑이 아니에요. 금란초*라는 식물이 있는데, 아, 봄에 청자색 꽃이 피는데, 부모님이 좋아하셔서 키웠는데 그 이름을……."

"귀여워."

─────────
*일본어로 '키란소'라고 한다

"······네?"

"귀엽고 멋지잖아요! 키란!"

"모, 모두 그렇게 말하지만요. 그런 이름으로 사는 사람은 여러 가지로 힘들고 별로 좋은 기억도 없어서 말이죠."

"국어 수업 때 자신의 이름에 쓰이는 한자를 배웠을 때 조금 들 뜨거나 하는 것도 못 하죠. 저도 이해해요."

"무슨······."

"저도 카타카나로 미오라고 쓰니까요!"

"······!!"

무라사키는 몇 초 정도 말없이 굳은 후, 천천히 나에게 얼굴을 돌렸다.

"마츠토모 선배."

"어?"

"사오토메 씨, 좋은 분이에요."

"그렇네."

"선배가 괜찮다고 말한 의미를 이해했어요."

"나도 이렇게 한 방에 KO를 당할 줄은 몰랐어. 여전하구나, 무라사키."

퉁명스러운 것 치고는 뭔가 잘 맞으면 일격에 넘어간다. 그것이 바로 무라사키 키란이다.

"그래서 키라······ 무라사키 씨는 이 뒤의 예정은 어떻게 돼?"

"딱히 없는데······."

"잠깐 집에 들렀다 안 갈래요?"

미오 씨가 스스로 사람을 집에 들일 줄이야…….

"마, 마츠토모 선배."

"나도 잠깐 들를 예정이야."

"그, 그럼 말씀하시는 대로……."

두 사람이 나를 힐끔힐끔 봤다.

미오 씨는 '여동생이에요, 여동생!'이라고 말하고 싶은 듯했고, 무라사키는 아마 '초대받았어요, 어떡하죠'라고 말하고 싶은 듯했다.

"……뭐, 사이가 좋아진 것 같아 다행이에요."

미오 씨에게서도 무라사키에게서도 동성 친구에 대한 이야기는 거의 들은 적이 없었으니. 마음을 터놓을 수 있는 상대가 생기는 것은 서로에게 좋은 일일 것이다.

"마침 오늘 아침에 정리한 참이에요~. 자자, 들어오세요."

"저기, 선배."

"왜 그래?"

"잘 생각해보니까, 전 차를 마시는 예법 같은 건 몰라요."

"그렇게 어려운 자리가 아니니까 안심해."

"그런가요."

"그보다, 무라사키는 우노 할 수 있어?"

"네?"

"지금부터 우노를 할 생각이었거든."

"우노? 그 국민적인 명작 카드 게임?"

"그래, 그 우노."

"맞아, 우노야 무라사키 씨."

이 말은 놀릴 생각으로 한 것이었다. 적어도 나는.

설마 이것이 남은 주말을 전부 소모하는 우노부터 시작하는 데스매치의 서곡일 줄은 누구도 예상하지 못하고 있었다.

◆ ◆ ◆

"미오 씨는 카페오레면 되나요?"

"그래, 부탁할게."

누님 목소리, 익숙하지 않을 건데 생각보다 오래 이어지고 있었다. 기합으로 가능한 일인가?

"무라사키는⋯⋯ 아아, 홍차였지."

"선배, 기억하고 있었네요."

"무라사키 씨, 커피는 못 마시나요?"

"네, 여러 사정이 좀 있어서⋯⋯."

미오 씨의 질문에 말을 흐렸다. 눈을 흐릿하게 뜨고 있는 걸 보니 본인이 생각하기에도 괴로운 기억일 것이다. 회사에서는 이야깃거리였지만.

"무라사키는 말이죠, 무리해서 블랙커피를 마구 마셨어요. 막 입사했을 때는."

"선배."

"그랬더니 밤에 잠을 못 자게 돼서 수면 부족이 된 나머지 회사에서 픽 쓰러졌는데."

"선배."

"그 이후로 커피는 전반적으로 못 마시게 됐대요."

"마츠토모 선배."

"왜 그래 무라사키, 한 번 부르면 들려."

"그럼 한 번 부르면 그만 말하면 좋겠어요, 선배."

"어머 어머."

어머 어머, 라면서 웃는 건 처음 들었어요, 미오 씨.

자기야말로 무라사키에게 들려주고 싶지 않은 에피소드를 적재율 300%로 실은 상태로 폭주 중인데 왜 저렇게 여유로운 걸까.

"우으⋯⋯."

"마츠토모 씨, 오늘은 나도 밀크티를 마시고 싶은 기분이 들었어. 아직 안 늦었지?"

"네, 괜찮아요."

"마츠토모 씨는 홍차도 잘 타는데, 요즘엔 영국식으로 공을 들여서 차를 타고 있대. 같이 마셔요, 무라사키 씨."

"사오토메 씨⋯⋯!!"

미오 씨에게 감격에 젖은 시선을 보내는 무라사키. 그래도 괜찮은 거냐, 무라사키.

이 짧은 시간에 착실하게 여동생화가 진행되고 있었다. 머지않아 이상한 종교 같은 것에 얽매이지 않을까 걱정됐다.

"자, 들어갑니다~."

우유와 설탕을 테이블에 내놓고, 티포트로 티 스트레이너를 통해 컵에 따랐다. 일본어로는 '붉은 차'라고 쓰는 이 액체가 영어로는 'Black Tea'로 쓰이는 이유를 잘 알 수 있는 짙은 색깔의 차가 컵에 채워져 갔다. 이 진한 차를 뜨거운 물이나 우유로 좋아하는 농도로 맞춰 마시는 것이 본고장의 스타일이다……라고, 인터넷에서 읽었기에 실천해봤는데 생각보다 맛있어서 계속하고 있다.

그건 그렇고, 3인분을 끓일 수 있는 사이즈의 티포트가 있어서 다행이다. 내가 오기 전부터 준비해둔 것을 보면, 미오 씨도 실은 이런 일상을 꿈꿨던 모양이다.

"향이 좋네요. 홍차에도 여러 종류가 있다고 들었는데, 이건 뭔가요?"

"후후, 아샴이야."

발음을 잘못했다. 익숙하지 않은 말투를 썼기 때문이다.

"아삼이야."

자연스럽게 다시 말했지만, '어떡하지, 저질러버렸어'라는 얼굴로 이쪽을 힐끔힐끔 봤다.

뭐, 상대는 무라사키니까 문제는 없을 것이다.

"사오토메 씨, 의외로 재미있는 분이시네요. 사랑스러운 여성은 동경하게 돼요."

"어머, 아냐."

"전 귀염성이 없다는 말만 들어서……."

"무라사키 씨는 귀여워요. 정말이에요."

무라사키는 한 번 따르기 시작하면 한결같이 따른다. 이미 미오 씨를 필터를 통해 보고 있으니 다소의, 아니 상당수의 실수는 긍정적으로 작용할 것이다.

뭐, 미오 씨도 이미 무라사키를 여동생 필터를 통해 보고 있는 것 같지만. 묘한 부분에서 닮았다고나 할까, 자매다운 느낌이 있다고나 할까…….

"자 그럼, 마실 것도 준비됐으니 시작할까요."

"그렇네. 적절한 시간이야."

"저기, 역시 그걸……?"

나는 무라사키의 질문에 대답하듯이 노란 로고가 박힌 상자를 테이블 위에 조용히 놓았다.

"이거다."

"왜 그렇게 엄숙한 느낌으로……."

"너도 곧 알게 될 거야."

테이블에 공간을 만들어 패를 나눴다. 계속 미오 씨와 둘이서 했기 때문에 세 명에게 나눠주는 것만으로도 조금 신선했다.

"장수는 틀림없죠?"

"그래."

"아, 네."

"자, 게임을 시작하자."

"자, 게임을 시작하자."

싸움의 시작을 알리는 선언을 하고 1시간이 지났다. 밀크티의 잔향이 감도는 거실은 게임 시작 때와 풍경이 상당히 달라져 있었다.

허리를 쭉 펴고 얼음 같은 표정으로 테이블 위를 바라보는 무라사키.

눈에 눈물을 글썽이는 미오 씨.

그리고 예상을 뛰어넘는 무라사키의 실력에 당황해 식은땀을 흘리고 있는 나.

"무라사키, 너……."

"으, 훌쩍."

"……뭔가요."

끼릭끼릭끼릭, 하는 자동인형의 기계음이 날 것 같은 움직임으로 이쪽을 바라보는 무라사키에게 나는 마침내 말했다.

"너무 약하지 않아……?"

"미안해, 미안해 무라사키 씨. 한 번도 못 이기면 재미없지. 미안해."

"우노가 약해서 사람을 울리는 날이 올 줄은 생각도 못 했어요."

1위, 나.

2위, 미오 씨.

3위, 무라사키.

10번 정도 해서 전부 이 순위이니 아무래도 웃을 수가 없었다. 미오 씨는 몇 번인가 배려해서 이기게 만들려고 한 것 같았지만, 역부족이었다고 해야 할까, 힘이 넘쳐서 목적을 달성하지 못했다.

나비를 놓아주려다가 죽여버린 아이 같은 표정으로 울고 있는 게 애처로웠다.

"……응!"

그렇게 잠시 눈물을 흘린 미오 씨는 뭔가를 결심한 얼굴로 무라사키의 손을 잡았다.

"무라사키 씨, 최후의 수단이에요."

"네, 사오토메 씨."

뭔가를 알아차렸는지 무라사키도 힘차게 끄덕였다.

"둘이서 협력해서 마츠토모 씨를."

"네, 때려눕혀요."

"앗, 치사하다!"

이 녀석들, 여자끼리 동맹을 맺었어! 손을 잡은 여자만큼 무서운 것은 없다고 어디서 읽은 적이 있는데, 이런 거였나!

"저도 슬슬 제 실력을 발휘할 거예요."

"……오늘은 안 쓸 줄 알았는데, '그것'을 해금하나요?"

자리에서 일어선 미오 씨는 거실 구석에 있는 의자로 향했다.

그곳에는 미오 씨 소유의 인형들이 예의 바르게 앉아 있었다.

"마츠토모 선배, '그것'이 뭐죠……?"

"미오 씨가 '가디언'을 소환할 거야."

"가디언?"

"그래, 가디언. 일본어로 설명을 하자면…… 인형을 안고 우노를 하지."

참고로 미오 씨는 그때그때 컨디션에 맞춰서 과학적이면서 논리적으로 고르는 것이 중요하다고 전에 말했었다. 오늘도 엉덩이를, 아마도 무의식적으로 흔들흔들 흔들면서 '누~구~를~고~를~까~요~하~느~님~께~' 하고 논리의 신의 목소리를 듣고 있었다.

"……저게 의미가 있을까요?"

"이게 또 있단 말이지."

정신 안정 효과라도 있는 건지, 실제로 승률이 3% 정도 올라가니 얕볼 수 없었다. 미오 씨에게 있어서 무라사키에게는 보여주고 싶지 않은 행동에 들어갈 줄 알았는데, 그런 것에 얽매여있을 상황이 아니라고 판단한 듯했다.

"마츠토모 씨도 집에서 아카이 씨나 텐노스케를 데려와도 괜찮은데?"

"전 그런 이능력은 가지고 있지 않아서요."

근데 아카이 씨는 그렇다 치고 텐노스케는 어떻게 안으란 거지?

"좋~아, 유우쨩 너로 정했다!"

오늘의 파트너를 요전에 오락실에서 데려온 보라색 고양이로 정하고 안아 올린 미오 씨.

"……어?"

그 등을 바라보고 있던 무라사키의 표정이 움찔하고 움직였다.

"왜 시토라가 여기에……."

"시토라?"

"저, 보라색 고양이 인형……."

그렇구나, 보라색 호랑이라서 시토라*인가. 고양이지만.

그나저나, 인형에게 이름을 붙이는 게 이렇게 보편적인 행동이었던가?

"너한테도 뽑아서 줬었지. 꽤 옛날 일처럼 느껴지는데, 한 달 좀 전인가."

"너한테도?"

"마츠토모 씨가 저한테도 뽑아서 줬어요."

"그날은 힘들었죠……."

"사오토메 씨한테도, 나랑 똑같은 걸……."

"왜 그래, 무라사키?"

무라사키가 뭔가 골똘히 생각하고 있었다. 혹시 여러 상대에게 똑같은 것을 주는 것을 신경 쓰는 타입이었나.

"사오토메 씨랑 똑같은 인형……!"

"그쪽이었나!"

---

*보라색을 의미하는 한자 紫를 음독하면 시 이고, 토라는 호랑이의 일본어이다

"다음에 같이 사진 찍어요."

"똑같은 인형을 안고 투샷……."

손을 꾸물대고 있었다. 아마 시토라를 안는 상상 속 이미지를 보고 있을 것이다.

"마츠토모 선배."

"어어?"

"감사합니다."

"어, 어."

어쩜 이렇게 진지한 표정으로 말하는 걸까. 어쩜 이렇게 반짝이는 눈동자로 바라보는 걸까.

"괜찮으면 무라사키 씨한테도 한 명 빌려줄까요?"

"그렇네요……. 모처럼이니까 선배의 텐노스케가 좋아요. 이름이 마음에 들었어요."

"어? 음…… 텐노스케는 어떠려나."

"전 생긴 걸로 안 가리는 걸요?"

"그런 의미가 아니다만…… 뭐, 백문이 불여일견인가."

그리하여 제2라운드의 진영이 갖춰졌다. 다시 탄 밀크티의 달콤한 향기가 뇌의 회전을 자극했다.

미오 씨는 유우쨩(보라색 고양이)을, 나는 미오 씨에게서 빌린 코로쨩(핫도그빵 색깔 개)을, 무라사키는 텐노스케를 무릎 위에 올리고 개전했다.

"무라사키 씨, 우리가 마츠토모 씨를 쓰러뜨리는 거예요. 도원

결의에요."

"도원…… '삼국지'였나요. 네, 저희는 이제부터 의자매예요."

"갑시다, 귀여운 여동생이여."

"네, 언니."

"……!!"

"미오 씨, 이 흐름을 계산해서……?!"

미오 씨가 엄청 자신만만한 얼굴로 나를 봤다.

그렇게 언니라고 불리고 싶었던 걸까. 불리고 싶었던 거겠지~, 저 표정은. 이 상황에 진심으로 어울리는 무라사키도 무라사키라고 생각하지만.

"……그런데 마츠토모 선배."

무라사키는 어떻게 하고 있느냐 하니, 무릎 위에 텐노스케를 올리고 굳은 표정을 짓고 있었다.

"왜 그래?"

"아까 그렇게 말해놓고 민망하지만."

"어어."

"역시 아카이 씨로 바꿔주실 수 있나요?"

"그래, 아카이 씨가 감촉도 더 좋다고."

"그야 텐노스케보다는 좋겠죠."

아카이 씨(*일본어로 붉다)는 이름대로 빨간 문어 인형이다. 미오 씨와 간 인형 전문점에서 맞아들인 신인으로 촉감이 좋다.

한편 텐노스케는 내 방의 고참이다. 풀네임은 사보하라 텐노스케(*일본어로 선인장은 사보텐이다). 의심할 여지 없는 소형 선인장이다.

무라사키의 무릎 위를 차지하고 있는 것을 텐노스케에서 아카이 씨로 교체하고, 다시 제2 라운드가 시작되었다.

그리고 6시간 반이 지났다.

'딩~동'

"사오토메 씨~! 츠치야 하루토, 음속으로 일을 끝마치고 지금 찾아뵈러 왔습니다~!"

"잘 왔어 츠치야. 일하느라 힘들 텐데 고마워."

"뭐시여, 맛츠도 있잖여."

"연락한 것도 나였잖아. 뭐, 일단 들어와."

인터폰에 대답하고 문을 여니, 거기에는 5일 만에 보는 전 동기의 모습이 있었다. 날짜가 바뀌어 어두워진 한밤중이라도 햇볕에 탄 피부가 묘하게 낮의 느낌을 연출하는 츠치야가 있었다.

"그라믄 실례함다. 힘들다 힘들어~."

"그 회사는 여전히 힘든 것 같네. 서둘러서 끝내도 이 시간이냐."

"뭔지 모르겠다마는, 얼마 전부터 크단한 거래가 진행 중인 것 같아서 말이여~. 그 거래 건이 쫌 말썽인 것 같더라고."

"여느 때처럼 말단일수록 바빠지는 법칙이구나."

그런 상황이라도 시간을 쥐어짜서 와주니 대단했다.

"그보다 맛츠야말로 안색이 안 좋구만. 뭔 일이대?"

"그 뭐냐, 싸움이 좀 길어져서 말이야."

"뭐? 싸움?"

"뭐, 보면 알아. 무라사키도 안에서 기다리고 있어."

"이, 이게 뭔 일이대⋯⋯?"

츠치야를 데리고 거실로 갔다.

복도에서 거실로 통하는 문을 연 순간, 달콤한 향기가 확 흘러나왔다. 전등은 켜져 있는데 어딘가 어두웠다. 문을 빠져나온 그 앞, 거실에 놓인 테이블에서는 의자매의 연을 맺은 미오 씨와 무라사키가 다음 싸움을 대비해 힘을 비축하고 있었다.

"아니야 후우쨩. 그 카드는 말이야, 마츠토모 씨가 또 3연속 스킵을 하면 쓰는 거야. 그렇구나, 유우쨩은 더 똑똑해졌구나. 얘, 코로쨩은 자면 안 돼!"

"아카이 씨, 아카이 씨 기분 좋아⋯⋯ 부비부비 기분 좋아⋯⋯ 부비부비부비부비부비부비부비⋯⋯."

아까 전보다 더 기운이 난 듯했다. 안색도 상당히 좋아진 것처럼 보였다.

오히려 지금 막 온 츠치야의 얼굴이 새파래지고 있었다. 왜지?

"맛츠, 내가 이런 얘기를 들은 적이 있는데 말이여."

"뭘?"

"인도 북부에는 말이다, 달달~한 향이 나는 향을 피워놓고 환각을 보여주는 토착 신앙이 있다고 하더라고."

"아아, 나도 들은 적이 있어. 신자는 트랜스 상태가 되어서 명한 눈으로 알 수 없는 말을 하거나 의미를 알 수 없는 행동을 하기도 한다던데."

"뭐야 갑자기. 그게 어쨌다고?"

"아, 아니, 내 착각이라면 다행인데."

"그래? 뭐, 일단 앉아. 지금 밀크티를 탈 테니까."

"이거, 밀크티 냄새였냐……."

"그 외에 뭐가 있나?"

"그보다, 어쩌다가 이렇게 돼부렀대?"

"왜냐고 물어도 말이지……. 어디서부터 설명해야 할까……. 그건 7시간, 아니 3시간 전의 일이야. 나와 미오 씨, 그리고 내 물건을 전해주러 왔다가 미오 씨의 동생이 된 무라사키, 이렇게 셋이서 우노 대회를 하고 있었는데……."

"동생……?"

──3시간 전. 오후 9시 반.

우노는 손에 든 7장의 패를 다양한 룰에 따라 버려서 가장 먼저 손에 든 패를 없애는 것이 목표인 게임이다.

다만 이 우노라는 게임은 결탁 플레이가 의외로 어렵게 되어 있다.

"무라사키 씨, 무라사키 씨……!"

"사오토메 씨, 사오토메 씨……! 받아주세요. 제 모든 것을……."

그 이유는 '다른 사람의 패를 보는 것은 반칙'이라는 절대적인

룰 때문이다. 적의 전력을 훔쳐보는 건 물론, 같은 편끼리 서로 패를 보여주는 것도 금지다.

"그렇다고 해서 눈빛만으로 서로 통할 수 있나……?"

둘이 취한 전술은 아이콘택트를 통한 의사소통이었다. 이 전술이 성공하면 서로가 원하는 카드를 낼 수 있다는 압도적인 우위를 점하게 된다.

결과는 금방 나왔다.

"알았어요. 사오토메 씨! 옐로우7!"

"그래, 맡겨줘! ……아, 아냐, 패스."

"전혀 안 통하고 있어……. 네, 우노에요."

"사, 사오토메 씨!"

"아, 아직 드로우가, 드로우가 있어……! 부탁이야, 와줘!!"

내가 일찌감치 손을 뗀 코로쨩과 나중에 합류한 후우쨩까지, 미오 씨의 수호신은 셋으로 늘어나 있었다. 인형 세 개를 안고 우노 패를 들고 있으니 꽤 벅차 보였다. 저러면 팔 아프지 않을까?

"아, 이 카드는……!"

"사오토메 씨!"

"설마 역전 가능한 한 장이?! 그런 효과도 있는 것인가, 수호신!"

"패스……."

그런 효과는 없었다.

"아, 그럼 전 끝입니다."

"또 졌어요……."

"몇 번을 해봐도 몇 번을 해봐도 마츠토모 씨를 쓰러뜨릴 수 없어······!*"

미오 씨와 무라사키는 고개를 떨궜지만, 나 또한 동시에 하늘을 우러러봤다.

"쓰러지지 않아······!!"

우노는 확실하게 끝나는 지점이 설정되어 있지 않다. 이론상으로는 수명이 있는 한 계속해서 할 수 있는 게임이다. 다만 일본에는 종착점을 설정하기 위한 암묵적인 규칙이 있다.

그건 바로······.

'모두가 한 번씩 이기면 끝내자.'

우리는 어딘지 모르게 일본인다운 발상에 얽매여있었다. 우리에게 오산이 있다면 그건 무라사키의 우노 실력이 단 한 번도 이기지 못할 만큼 절망적인 수준이라는 걸 몰랐다는 점이다.

전혀 변하지 않는 전황에 착지점을 잃어버린 우노 대회는 이 시점에 시작한 지 4시간을 경과하고 있었다.

"······아직, 아직 안 끝났어!"

"네, 미오 씨, 아직이에요. 오늘이라는 날은 아직 끝나지 않았어요."

"언니, 선배······!"

계속해서 꺾이지 않는 마음을 발휘해서 나는 다시 카드를 섞

---

*에어맨을 쓰러뜨릴 수 없어: 록맨2의 보스 에어맨을 주제로 만들어진 노래. 니코니코 동화에서 히트를 쳐 인기를 끌었다

었다.

동등한 조건으로 시작하는 바둑이나 장기와는 달리 운이 개입하는 우노에 승률 0%는 있을 수 없다. 시행 횟수를 늘리면 언젠가 반드시 무라사키가 승리한다.

그때까지 계속한다. 그저 계속한다. 그 너머에 우리의 성공이 약속된 것이다.

◆ ◆ ◆

그렇게 생각하던 시기가 저에게도 있었습니다.

"죄송해요, 마츠토모 선배, 사오토메 씨……. 그래도 다음엔, 다음에야말로 꼭."

몇십 번째 반복 중인 똑같은 순위에 나와 미오 씨는 테이블에 엎어질 수밖에 없었다.

그야말로 무간지옥. 언제 끝날지 모르는 우노 지옥은 이미 시작한 지 5시간 반을 경과하고 있었다.

"무라사키! 넌 절~~~~~~대로 도박에는 손대면 안 된다?! 속임수와 수읽기가 치명적일 정도로 서툴어!"

"명심할게요."

"알았으면 됐어. 지금 가장 큰 문제는 이 우노다. 내가 봤을 땐 가망이 없어. 이건 영원히 끝날 것 같지 않아."

"이, 이제 시작이야! 이거 봐, 다른 애들도 그렇게 말하고 있어,

포기하면 거기서······."

미오 씨가 그렇게 말하며 인형을 들어 올린 그 순간.

유우쨩이 오그라들었다.

"어?"

"뭐?"

"으에?"

셋 다 눈앞의 광경을 멍하니 지켜봤다. 침묵 속에서 흰색과 노란색 우레탄이 거실 바닥에 똑똑 떨어져 갔다.

"아바바바바바바."

"미오 씨, 움직이지 마요! 솜이 흩날리니까!"

"사오토메 씨, 보강 안 해뒀나요?"

"보, 보강?"

우레탄을 차지 않도록 상반신은 인형의 허물을 하늘에 바치듯이 들어 올리고, 하반신은 플라밍고처럼 한 발로 서서 굳어있던 미오 씨는 생소한 단어를 듣고 고개만 무라사키에게 돌렸다.

"보강이 뭐야, 무라사키."

나도 바닥에 있는 우레탄을 주워 가까이에 있던 비닐봉지에 담으면서 무라사키에게 시선을 돌렸다.

"시토라······ 아니, 이 고양이는 경품치고는 나쁘지 않은 천을 썼어요. 하지만 실과 맞지 않아서 보강하지 않으면 약한 부분이 허물어져요."

무라사키는 '깨끗하게 관리되어 있어서 시술이 끝난 줄 알았는데'라고 덧붙이면서 미오 씨가 들어 올린 유우쨩을 관찰하고 있었다.

"우리가 뽑기 전에 기계 속에서 상당히 쓸렸으니 말이지. 열화가 빨라도 이상할 게 없다, 이건가."

"어, 어떡하지? 어떡하면 좋을까?"

"저도 인형은 경험이 없어서 수선할 수 있을지 없을지는."

"그럼 제가 해도 될까요?"

유우쨩을 다 관찰한 듯한 무라사키가 선뜻 말했다.

"하, 할 수 있는 거야? 무라사키 씨!"

"네, 우리 시토라도 제가 고쳤으니까요. 보니까 깨끗하게 뜯어졌으니 어떻게든 해볼게요."

그렇게 말하면서 자신의 가방에서 바느질 세트를 꺼냈다. 보니까 전문적인 도구가 아니라 단추를 다시 달 때 쓰는 지극히 평범한 바늘과 실이었다.

"그런 도구로 괜찮은가?*"

"괜찮아요, 문제없어요. 지금부터 분해할 건데, 그동안 실 좀 사다 주실 수 있나요?"

무라사키가 필요한 실의 재질과 굵기, 색을 지정해줬다. 근처 편의점에서 살 수 있을 것이다.

---

*엘 샤다이라는 플레이스테이션3, 엑스박스360용으로 발매된 게임의 PV영상에서 나오는 대사. '그런 장비로 괜찮은가'라는 루시펠의 질문에 이노크는 '괜찮아, 문제없어'라는 대답을 하고 적과 싸웠지만 장비가 박살나고 죽을 위기에 처한다.

월 500을 받아도 사는 보람이 없는 옆집 누나에게 300에 고용돼서 '어서 와'라고 말해주는 일이 즐겁다

"그리고 만약 있으면 봉제용 송곳과 안전핀, 원단 접착제를."

"종류가 여러 개 있으면?"

"가장 좋은 걸 부탁할게요."

무라사키는 그 말만 하고 인형을 분해하기 시작했다. 남아있던 솜을 빼내고 입고 있던 파카를 벗기고 뒤집어서 쪽가위로 불필요한 솔기를 제거해 나갔다.

"대단하다~……."

내가 돌아왔을 때는 입체였던 유우쨩이 평면체로 변해있었다.

당연한 건데도 이렇게 부품별로 나누고 보니 '인형은 천과 실로 만든다'는 실감이 들었다.

"실, 사 왔어."

"네, 고맙습니다. 선배."

"그리고 우레탄은 다 주웠으니까 미오 씨는 이제 움직여도 돼요."

"아, 그, 그래?"

"……그럼 시작합니다."

겨우 외발서기를 끝낸 미오 씨를 곁눈질로 보고 익숙한 손놀림으로 바늘에 실을 꿰는 무라사키. 한눈에 봐도 알 만큼 대단한 속도였다.

"대단해……."

"미오 씨, 바느질할 때 가까이 가면 위험해요."

손놀림이 거침없었다.

무라사키는 두 번째라서 그렇다고 하지만, 문외한이 봐도 한 번 해본 정도의 실력이 아니란 걸 알 수 있었다. 순식간에 천과 천이 원래 형태로 접합되고 보강되어 평면에서 입체로 변해 갔다. 바느질을 대강 끝내고 뒤집으니, 원판과 구분이 안 되는 수준으로 완성된 인형을 볼 수 있었다.

"우레탄은 그대로 쓰지만, 형태를 정돈하기 위해 조금 보충할게요."

손발 끝의 가는 부분에 자투리를 채워 넣고, 남은 부분을 우레탄으로 부풀려서 입을 봉했다.

한 시간도 안 돼서 '천'은 '유우쨩'으로 부활했다.

"배의 펠트가 떨어지려고 하던 부분도 접착제로 보강했어요. 한 시간 두면 안을 수 있어요."

"무라사키, 너 이런 특기가 있었어?"

"네, 뭐, 학생일 때 조금 해서요."

이걸로 먹고 살 수 있겠다는 생각이 들 정도로 솜씨가 좋았다. 미오 씨도 완전히 원래 상태 이상으로 수복되어 의자 위에서 접착제를 말리고 있는 유우쨩을 가만히 바라보고 있었다.

"무라사키 씨."

"왜 그러시나요?"

"대단해."

"어, 고, 고맙습니다."

"대단해!"

"감사합니다."

"대단해 대단해!"

무라사키의 손을 잡고 칭찬하는 미오 씨, 어휘력이 사라졌다.

이전의 돼지고기 생강구이 때도 그랬지만, 아마 그런 체질이리라.

"대단해, 정말 대단해! 고마워!"

"마, 마츠토모 선배."

"왜?"

"저, 다른 사람에게 이렇게 칭찬받은 건 취직 이후 처음이에요."

"그래, 잘됐네."

마이페이스인 듯하지만, 무라사키도 고생하는 듯했다.

아니, 마이페이스처럼 보이는 사람이 전부 제멋대로 사는 건 아니겠지. 주위 사람과 맞추고 싶어서 맞추려고 하지만 맞추지 못해 오해받는다. 그런 사람이 있다는 것을 미오 씨와 만나는 사이에 나도 자연스럽게 이해할 수 있게 되었다.

"자 그럼, 일단락 짓기에는 딱 좋네요. 벌써 12시를 넘겼으니 뭔가 먹을까요. 리퀘스트 있나요?"

무라사키로서는 좋은 모습을 보여줄 수 있었으니, 이쯤에서 파하는 게 현명할 것이다. 이 자리를 파하는 계기가 되도록 나는 저녁과 야식을 겸한 식사를 제안했다.

"카레!"

"우동, 이라던가……."

"그럼 카레우동으로. 금방 만들 테니까 그걸 먹으면……."

"우노를 계속해야겠죠."

"그렇지."

"……어라?"

해산하자.

그 분위기를 타고 끝내려고 했던 내 의도는 민주주의적으로 다수결로 분쇄되었다.

"무라사키 씨라면 분명 금방 이길 수 있을 거야. 이렇게나 대단한걸."

"요령도 꽤 알았어요. 다음에야말로 이길 수 있을 것 같아요."

다음에야말로 이길 수 있다. 매번 그렇게 말한 것 같은 건 기분 탓일까.

봉제를 잘하는 것과 게임을 잘하는 것은 관계없다, 그렇게 생각하는 것도 기분 탓일까.

하지만 일본이 민주주의국가라면. 그리고 내가 미오 씨의 종업원이라면.

"좋아요. 끝까지 함께하죠. ……라고 말하고 싶지만, 장소 변화가 필요해요."

이길 수 있을 것 같다는 느낌이 들었다고 해도 지금 하는 게임을 몇 번을 되풀이해도 무라사키가 이길 가능성은 한없이 적다. 자칫 잘못하면 한 손에 카드를 들고 내일 아침 해를 보게 될 것이다.

뭔가 새로운 요소가 필요하다. 새로운 규칙이나, 아니면.

"인원을 늘리거나, 인가. 그래도 말이지~."

"이런 시간에 연락해서 와줄 사람이 있을 리가."

"좀처럼 없…… 아."

"아."

"아."

우리 셋은 동시에 거무스름한 얼굴을 떠올리고 서로의 얼굴을 마주 봤다.

——현재 · 오전 1시 10분.

"……그렇게 해서 네가 오게 된 거야."

"밥 먹고 내가 올 때까지 1시간 쬐매 넘게 있었던 것 같은디. 그 사이에는?"

"제한 시간 2초 빨리 두기 룰로 30판 정도 해봤지만, 무라사키 는 아직 이기지 못했어."

뜻밖의 사고가 일어나면 무라사키에게도 승산이 있지 않을까 해서 이 규칙을 고안했지만, 무라사키가 처음에 사고를 쳐서 역효과였다.

"그렇게 심하구나~ 그렇구나~."

"정말 와줘서 살았어, 츠치야. 자, 이어서 하자고."

"무라사키가 이길 때까지?"

"무라사키가 이길 때까지."

"나, 나는 남은 일이 있어서……."

"츠치야 씨, 같이 안 하는 거야……?"

"윽."

미오 씨의 눈을 살짝 치켜뜨고 바라보기!

급소에 맞았다.

"……큐슈 남아의 오기를 보여주마!!"

"그래, 그래야 츠치야지."

"감사합니다, 츠치야 선배. 반드시 기대에 부응할게요. 아침이 되기 전까지는."

"아, 아침까지……?"

"글쎄다."

네 명째 플레이어가 각오를 다지고 싸움은 다음 국면으로.

"게임을 시작하자."

무라사키가 드로우 포를 전부 뽑아서 첫 승리를 장식한 것은 그로부터 10시간 하고도 33분 후.

일요일 아침 11시 43분의 일이었다.

그 우노 지옥이 펼쳐진 날로부터 일주일 정도가 지난 오늘, 관동 지방은 한여름다운 더위에 휩싸여 있었다.

조금 이른 저녁으로 중화냉면을 먹은 나와 미오 씨는 식후에 어떻게 지낼지를 정하려고 하고 있었다.

"여름밤이라고 하면 이거지~."

"부정은 안 해요. 긍정도 안 하고요."

"이거라고. 여름 하면 이거. 그러니까 보자."

"그렇다고 생각이라도 안 하면 버틸 수가 없는 거군요. 알겠어요."

초여름을 맞이해 옷을 조금 얇게 입은 미오 씨의 앞에는 테이블 위에서 존재감을 내뿜는 한 장의 블루레이가 있었다.

타이틀은 '사령의 쟁반카레'. 저예산, 소규모, 소수 인원으로 제작된 B급 호러 영화……인데.

"이거 말이야, 엄청 무섭대."

"그런 것 치고는 패키지가 우스꽝스러운데요. 빨간색이랑 노란색이라서 거의 카레 패키지잖아요."

"있잖아, 이걸 빌려준 거래처의 부장님이 가족끼리 이걸 봤을 때의 동영상을 보여줬어."

"영상을 보고 있는 사람의 영상이라니, 복잡하네……. 그래서 어땠나요? 비명을 엄청나게 크게 지르거나 주스를 엎기라도 했나요?"

　조금 겁이 많은 사람이라면 간단히 그 정도 반응을 보일 것이다. 굳이 동영상을 찍을 정도로 재밌지도 않을 건데.

　"있잖아 마츠토모 씨, 얼굴에서 나오는 걸 전부 말할 수 있어?"

　"갑자기 뭔가요. 부끄러워서 얼굴에 불이 난 것 같다, 뭐 그런 것 말인가요?"

　"아니, 얼굴에서 나오는 액체. 말할 수 있어?"

　액체라니.

　"그러니까, 위에서부터 땀, 눈물, 콧물, 침⋯⋯ 아, 토사물 같은 것도 포함해서요?"

　"전부 나왔었어."

　"포함해서요?"

　"포함해서."

　무엇을 포함했는지는 대화의 흐름을 보고 눈치채줬으면 좋겠다.

　"그렇군요, 그렇구나, 알겠어요. 무지막지하게 무섭군요. 그렇구나 그렇구나 그렇구나."

　"모처럼 빌렸으니까 봐두고 싶어. 그래도 있지, 괴로워. 딱 한 번 살짝 재생했는데, 혼자서는 괴로워."

　"혼자서 참는 것보다는 저랑 같이 전부 내뿜는 게 좋다고요? 이렇게 말하는 것도 좀 그렇지만, 여자는 그런 모습을 다른 사람에게 안 보여주고 싶어 하는 게⋯⋯."

"아, 안 내뿜도록 노력할 건데?! 그래도 부끄럽지만…… 마츠토모 씨라면 전부 봐도 괜찮아."

그 대사는 가능하면 다른 상황에서 듣고 싶었다.

"그, 그렇지. 츠치야랑 무라사키도 부르지 않을래요?"

하나보다는 둘, 둘보다는 넷이다. 번번이 휘말리게 해서 미안하다는 생각도 들었지만, 그 녀석들도 사오토메 씨가 부르면 기뻐할 테니.

"오늘은 안 돼."

"그, 그런가요?"

"이건 내가 해야만 하는 일이니까. 마츠토모 씨가 없어도, 그 두 사람에게 의지해서는 안 되는 일이니까."

"아니, 전 같이 볼 건데……."

드물게 강하게 거절하여 내가 기죽은 걸 알아차렸는지, 미오 씨는 당황해서 손을 파닥파닥 흔들기 시작했다.

"어, 아, 그러니까, 그, 폐가 된다고 생각해서 그런 거야. 츠치야 씨도 무라사키 씨도 일이 바쁜 것 같으니까."

"그 녀석들이라면 미오 씨와 만나고 싶어 할 건데……."

"그런가……?"

"네, 분명 그럴 거예요. 뭐, 평일에 부르기는 조금 미안하네요. 오늘은 부르지 말고, 주말에라도 다 같이 봐요."

"내일은 빌려준 사람을 만나니까 봐야 해……."

"그래서 여름 방학 숙제는 아슬아슬할 때까지 남겨두면 안 된다고 그렇게 말했는데…….”

　슬프도다, 샐러리맨의 숙명이여. 회의 스케줄로부터는 도망칠 수 없다. 대마왕에게서도 도망칠 수 없다. 나는 도망칠 수 없다면 화려하게 깨지는 수밖에 없다고 각오를 다지고, 나는 블루레이 디스크를 집었다.

　“재생합니다?”

　“으, 응.”

　“……갑니다.”

　거실의 소파로 이동해서 불을 끄고 프로젝터와 플레이어(영화를 볼 거면 이걸로 봐야 한다고 전자제품 가게에서 추천해준 대로 샀다가 2년간 내버려 뒀다고 한다)를 켰다.

　‘데데데데데데데…….’

　‘사령의 쟁반카레 ~어떻게 봐도 무섭다~.’

　싼티 나는 이펙트가 날리며 타이틀이 떡하니 나타났다.

　“여, 역시 너무 싸구려 같아서 안 무서울 것 같은데요? 미오 씨는 어디까지 봤나요?”

　“13초 동안 열심히 봤어.”

　“생각보다 훨씬 짧네.”

　“마츠토모 씨, 손, 잡아도 돼?”

　“아, 네. 잡으세요.”

　미오 씨의 자그마한 왼손이 내 오른손에 겹쳐졌다.

　나도 받아들이듯이 마주 잡았다가 손가락이 가늘어서 놀랐다.

미오 씨가 이렇게 작은 손으로 세상과 싸우고 있다는 것을 사무치게 실감했다.

그런 생각을 하는 내 옆에서 미오 씨가 긴장한 얼굴로 입을 열었다.

"7."

"6."

"저기 미오 씨, 그 카운트다운은?"

물어볼 것도 없었다. 미오 씨가 좌절했다고 하는 13초 구간까지의 초읽기다.

"5."

"4."

카운트가 진행될 때마다 내 손을 쥐는 힘도 강해지는 것을 알 수 있었다.

"3."

"13초부터 대체 뭐가……."

"1."

"오오오오오?!"

"싫어싫어싫어싫어싫어싫어싫어싫어싫어싫어싫어."

"그만해그만해그만해그만해그만해그만해그만해그만해!!"

"미안해요미안해요미안해요미안해요미안해요!!!"

"아바바바바바바바바바바바바바바바바바바바바바바바바바바."
"아바바바바바바바바바바바바바바바바바바바바바바바바바바."

결론부터 말하겠다.

미오 씨는 숙녀의 오기로 눈물만 흘리고 참아냈다.

나는 한 단계 더 나아갔다.

어떻게든 90분짜리 영화를 다 보고 취침 시간을 맞이했을 무렵. 나는 미오 씨의 침실 앞에서 신문지로 만든 십자가를 들고 문지기를 하고 있었다.

"내, 내가 잘 때까지 거기에 있어야 해. 문 앞에서 움직이면 안 돼."

"네 네, 알고 있어요."

"화화화, 화장실도 가면 안 돼."

"괜찮아요. 오히려 가고 싶어도 갈 수 있을지 모르겠어요."

'사령의 쟁반카레'는 친한 친구에게 배신당해 죽은 여자가 악령이 되어서 친구의 침실로 쳐들어가 카레로 조리해버리는 영화였다.

여러 의미에서 밤늦게 볼 영화가 아니라고 생각했다. 미오 씨도 침실로 들어가기까지 5분은 꼼짝 못 하고 서 있었다.

"……마츠토모 씨."

"왜요?"

"나, 열심히 할게. 내일도 모레도 반드시 열심히 할 테니까."

"미오 씨는 매일 열심히 하고 있어요."

"……고마워."

그 후로는 침묵이 이어졌다. 신기하게도 거북하거나 불편한 느낌은 없었다.

1시간이 지나고 미오 씨가 잠들어서 내는 숨소리가 들리기 시작한 것을 확인하고, 나는 조용히 내 방으로 돌아왔다.

화장실은 어떻게든 갈 수 있었다.

◆ ◆ ◆

"……그림책에 비즈니스 서적의 커버를 씌우다니, 누구에 대한 허세인가요, 미오 씨."

나는 이 자리에 없는 집주인 겸 고용주에게 무의식적으로 딴지를 걸었다.

'경영자와 노동자, 모두와 손을 잡기 위해 맨손으로 일한다' 이런 문구가 적힌 번들번들한 커버 아래에 '늑대 린, 여행길에 나서다'의 팬시한 표지가 보일락 말락 했다.

"뭐, 이렇게 해놔도 내용물을 제대로 파악하고 있는 것 같으니 기억력은 대단한 것 같지만."

책장이라는 녀석은 사용하는 사이에 배열이 점점 균형을 잡아가는 물건이다.

처음 창문을 통해 이 방에 들어왔을 때는 텅 비었던 책장이 채

173

워진 후로 벌써 3주 정도가 지났다. 사람 대부분이 그러하듯이 조잡한 배열이 신경 쓰이기 시작해서, 살짝 정리해보고자 손을 댄 것이 15분 전의 일이었다.

"이건, 그림책. 이것도, 그림책. 동물도감은 안 숨겨도 되지 않나……."

애초에 나는 왜 이렇게 밤중에 홀로 책 정리를 하는 것인가.

답은 단순하다. 미오 씨가 아직 돌아오지 않았기 때문이다.

"이상하군. 미오 씨가 너무 늦는데."

몇 시에 돌아올지 모른다는 연락은 받았지만, 10시를 넘겨도 돌아오지 않는 건 예상 밖이었다. 평소에는 정시에 일을 끝마치고 6시에 귀가, 다소 늦어져도 7시 언저리에는 돌아오는 사람이라 더 걱정됐다.

저녁은 아직 손대지 않은 상태로 테이블에 차려놨지만, 이 시간에 햄버그스테이크는 조금 부담스러울까.

"어제도 거래처 사람의 권유로 보지도 못하는 영화를 봤으니, 이래저래 바쁘겠지. 뭔가 소화가 잘되는 걸…… 고지루라도 만들어둘까."

고지루는 한자로 呉汁라고 쓴다.

콩이나 풋콩을 으깨서 된장국에 넣은 향토 요리로, 하카타의 아빠가 요리하는 명작 요리만화*에도 여러 번 등장한 영양식이다.

향토 요리라는 말을 들어서 분명 후쿠오카의 요리인 줄 알고 있

---

*아빠는 요리사: 1985년부터 연재 중인 일상 요리만화. 원제는 쿠킹 파파

었지만, 조사해보니 전국각지에 똑같은 요리가 있다고 한다. 전국적인 향토 요리라면 그것은 향토 요리인가, 라는 말은 해서는 안 된다.

"이만큼 정리했으면 콩을…… 응?"

마지막으로 집어 든 책은 어딘가 모르게 다른 그림책이나 도감과 질감이 달랐다. 커버는 다른 책과 다름없이 비즈니스 서적의 커버였지만 속에 있는 종이는 광택 없는 노트 용지였다.

"이거, 일기인가?"

글자를 보니 상당히 옛날, 아직 어릴 때 쓰인 물건 같았다.

참고로 다른 일기는 졸업 앨범과 함께 마지막에 개봉한 박스에서 나왔다. 그 일기들은 표지를 숨기지 않고 다른 책장에 보관해 놓았다.

"왜 이것만 따로 보관한 거지? 아니, 마음대로 읽으면 안 되겠지. 이건 원래 위치에 돌려놓고……."

'오늘은 주판이 없어졌다.'

덮으려다가 눈에 살짝 띈 한 문장이 마음에 걸렸다.

주판이라는 단어는 들은 적이 있다. 미오 씨가 감기에 걸린 다음 날, 날달걀이 들어간 청주를 마시고 낫토를 휘젓는 미오 씨에게서 낫토를 뺏으려 했을 때의 반응.

'내 주판 돌려줘.'

"설마 옛날 기억이랑 뒤섞였던 건가……?"

나쁜 짓이라는 생각을 하면서 페이지를 조금만 넘겨봤다.

'실내화가 사라졌다.'

'열쇠고리가 어딘가로 가버렸다.'

이틀에 한 번 정도의 페이스로 그런 문장이 나타났다.

그리고 어느 가을날의 일기.

'아아쨩, 어딨어. 미카, 어째서.'

"아아쨩이라고?"

미오 씨가 소중히 여기던 말하는 인형의 이름이다. 생김새는 후우쨩과 조금 닮았다고 했었다.

"이 미카 라는 건, 인간 친구……?"

'딩~동'

"아."

인터폰 소리에 깜짝 놀라 뛰었다. 인간은 정말로 놀라면 만화처럼 몸이 뜨는 것 같다.

미오 씨가 돌아온다는 것을 완전히 잊고 있었다. 서둘러 일기를 원래 있던 곳에 돌려놓고 현관으로 향했다.

"지금, 지금 열게요~."

나는 문의 잠금장치를 열고 상대가 먼저 문을 열기를 가만히 기다렸다.

30초 정도가 지나 문이 조심스럽게 열리고 미오 씨가 안을 들여다봤다. 화장한 눈이 약간 젖어있었다.

"다녀, 왔습니다……?"

"네, 어서 오세요. 오늘은 늦게까지 고생 많았어요."

"마츠토모 씨가, 마츠토모 씨가 있어……. 좀처럼 대답이 없어서 정말로 없는 줄……."

"늦어서 죄송해요. 하지만 전 어디 안 가요."

일이니까요, 라는 말을 덧붙였다.

"그, 그렇네. 일이지. 그래, 일은, 똑바로 해야지……."

"네, 그러니 전 내일도 모레도, 그다음 날에도 있어요. 임금이 나오는 한!"

"어른이다~."

마중이 늦어지면, 내가 일에 싫증이 나서 도망쳤다고 생각하고 급격히 불안에 빠지는 사람이 바로 미오 씨다. 나를 못 믿는 건가 하고 생각한 적도 있었지만, 비즈니스 현장 이외에는 그런 사람인 것 같다고 이해한 후에는 되도록 맞춰주려 하고 있다.

"미오 씨, 저녁은 아직인가요?"

"으, 응, 아직. 늦어서 미안해……."

"아뇨 아뇨. 오늘 저녁은 햄버그스테이크를 먹을 예정이었는데, 시간도 시간이니 가벼운 걸로 먹을래요?"

시계를 슬쩍 보니 시각은 오후 10시 15분. 기름진 것을 먹으면 죄책감이 드는 시간에 돌입하고 있었다.

"가벼운 거?"

"고시루라면 금방 만들 수 있어요."

"고시루?"

"갈아서 으깬 콩을 된장국에 넣은 음식이에요."

"두부에 유부까지 넣고 이제는 콩 자체가 들어가는 거야……?"

"게다가 오늘의 된장국의 재료는 유바*에요."

두부를 만드는 과정에 생기는 하얀 막, 유바.

말할 것도 없이 원료는 콩이다.

"콩 with 콩 with 콩에 그런 패턴이……."

"자, 어느 걸로 할래요?"

"둘 다!"

햄버그스테이크에 고시루.

단백질이 풍부한 식사가 되겠군. 참고로 햄버그스테이크는 두부 스테이크가 아니라 소고기와 돼지고기로 만든 진짜다. ……일단 양을 조금 줄여야 할 것 같다.

"그럼 준비할 테니까 옷 갈아입으세요."

"알았어~."

"……어라?"

또 '도와줘!'라는 패턴이 나올 줄 알았는데?

오늘의 미오 씨는 지쳤을 텐데도 움직임이 빠릿빠릿했다. 거의 중학생 정도로.

"아니, 중학생 정도로 빠릿빠릿한 28세는 대체 뭐야."

침실로 사라진 미오 씨를 바라보며 자신에게 딴지를 걸고 부엌으로 향했다.

---

*두유를 끓여서 위에 뜬 막을 건져 굳힌 음식

이상하게 천천히 흘러가는 듯했던 이번 주도 시간은 어김없이 흘러 금요일이 되었다.

세간에서는 불금이라 불리는 날이건만, 나는 조용히 집에서 거실에 있는 시계를 올려다보고 있었다.

"오늘로 4일 연속인가."

아무래도 회사가 상당히 바쁜지 연일 귀가가 늦어지고 있었다. 미오 씨가 아무리 바쁜 것에 익숙하다고 해도, 이쯤 오니 몸이 상하지는 않을지 걱정되기 시작했다. 그러나 정작 나도 얼마 전까진 매일 막차 시간까지 일했다는 걸 떠올리자 이상한 웃음이 나왔다.

9시 10분을 가리키는 시계에서 시선을 떨구고 우편물 정리를 재개했다.

개인적인 내용이 적힌 것을 제외해도 광고우편만으로도 상당한 수의 우편이 오는 것이 현대 일본이다. 이렇게 빈 시간에 정리해두는 것이 요긴하다는 사실을 자취를 시작하자마자 깨달았다.

"이 방, 광고우편이 쌓여서 바닥처럼 되어 있었으니 말이야……."

사오토메 씨의 집에서 혼자 기다리는 시간이 늘어서인지, 처음 창문을 깨고 들어온 날의 일을 자주 떠올리게 되었다. 박스의 벽, 페트병의 늪 속에서 동선을 긋듯이 광고우편이 늘어선 광경은 강렬했다.

"보자~, 화재보험, 새로운 카레 가게, 부동산 거래, 이건 콩을 사용한 건강식품? 그냥 먹어 그냥. 카이로프랙틱……은 일단 보관해둘까."

미오 씨, 어깨가 결린다고 말하는 경우가 있으니까. 분명 일하면서 컴퓨터를 쓰기 때문일 것이다.

"이 엽서는 와인 통신판매, 다음은 새로운 카레 가게, 이건……동창회 초대장?"

모델하우스 광고와 겹쳐져 있던 하얀 바탕의 왕복엽서에는 어느 초등학교의 동창회를 개최한다는 내용이 적혀있었다.

"개최일은 다다음 달인가. 미오 씨, 이런 데는 나가는 사람인가……?"

아닐 것 같다고 생각하면서 엽서 위를 미끄러지던 내 눈은 가장 아래에 적힌 이름을 보고 딱 멈췄다.

'간사: 이시지마 미카코 (결혼 전 이름: 와타라세 미카코)'

와타라세 미카코.

"……미카?"

미오 씨의 일기에 나온 인물일까.

"아니, 안 되지 안 돼."

캐묻고 싶은 호기심이 밀려들었지만 마음대로 해서는 안 되는 일이라고 다시 생각하여 '답장해줘 박스'에 엽서를 넣었다.

우편물 정리를 계속 진행하여 우편물의 산이 거의 사라질 무렵이 되어도, 미오 씨는 돌아올 기미가 없었다. 다음엔 무엇을 할까하고 생각하기 시작했을 즘, 테이블에 내버려 둔 스마트폰이 진동했다.

"미오 씨……가 아니네."

'삑'

'어~이 맛츠. 지금 괜찮냐?'

"무슨 일이야 츠치야. 일 끝나고 집에 가는 길이냐? 안타깝지만 미오 씨는 없다고."

'뭐어~? 참말이냐~. 묶여있는 나는 어디서 치유를 받으란 말이여…….'

"……아아, 아직 집에 못 갔나."

전 직장이었던 만큼, 나는 저 업무량이 얼마나 불합리한지 잘 알고 있다.

평소의 미오 씨도 바쁜 사람이지만, 그건 아침 9시부터 저녁 5시까지 소화해야 할 스케줄 많다는 의미지, 계획성 없는 관리자가 끝도 없이 일을 맡겨 끝이 안 보인다는 의미가 아니다. 물론, 츠치야가 놓인 상황은 말할 것도 없이 후자다.

'아니, 오히려 한가혀. 적당한 이유를 대고 회사 바깥까지 숨 좀 돌리러 나온 참이제. 무라사키는 별로 안 쉬고 싶어 해서 편의점에 심부름 보냈어.'

"뭐야, 손님 기다리는 거냐? 아니면 뭔가 트러블이 생겨서 자세한 사항을 알 때까지 움직일 수 없다던가?"

일하던 시절에 자주 있었던 일을 예로 들어봤지만, 츠치야가 이야기하는 현재 상황은 조금 달랐다.

'맛츠, 작년에 있었던 일 기억허냐?'

"작년에 뭐?"

'그 왜, 대머리 뻐꾸기가 쓸데없는 소리를 지껄여서.'

"어? 대머리 뻐꾸기?"

'아아, 다시 돌아왔다.'

"그런가, 다시 돌아왔구나."

'그래서 말이다, 그 대머리 뻐꾸기 땜시롱 무슨 수를 써도 안 되는 일이 쏟아져서, 모두 아무것도 못 하게 돼서 회사에 계속 있었던 날이 있었잖여?'

"아~ 있었지…….'

'맞아, '블랙키 먼데이'야.'

잊고 있던 어두운 기억이다.

영업이 따온 안건이 마음에 안 들었던 과장이 '내가 모범을 보여주겠다'며 씩씩거리면서 고객사로 뛰어든 결과, 입에서 나오는 대로 아무렇게나 지껄여 판도라의 상자를 열어버려 처리할 수 있는 양의 10배의 업무가 쏟아져 들어왔다.

그래도 우리는 10분의 1은 처리하려고 했지만, 양이 너무 많아서 파이프가 막힌 것처럼 무엇 하나 돌아가지 않게 되어, 모두가 허무한 얼굴로 데스크에 앉아 있었다는 것이 사건의 개요다.

내가 미오 씨의 집으로 이직하기 직전에는 '블랙키 먼데이'라고 명명되었던 걸로 기억하고 있다. 왜 그런 일이 있었는데 대머리 뻐꾸기가 과장으로 눌러앉을 수 있었는지 너무 신기했다.

"또 과장이 쓸데없는 짓 했나?"

'누구일 것 같냐?'

"음, 과장이 아니라는 건가. 그럼 부장인가?"

'B의 「부장」. 파이널 앤서?'*

"……파이널 앤서."

'그럼 현재 상금은 찢겠습니다.'

"원작에 충실하네."

이거 또 그리운 방송 소재를.

세대로 따져서 보면 우리가 아슬아슬하고, 무라사키는 한 살 아래라고 해도 알 수도 있고 모를 수도 있지 않을까.

'두구두구두구두구두구두구두구두구두구두구두구.'

"야, 뜸 들이지 마~."

'두구.'

"네가 남아도는 시간을 주체 못 하고 있다는 건 잘 알겠어."

모든 문제의 정답을 맞히면 일확천금을 할 수 있는 세계적인 퀴즈 프로그램. 좋아하는 프로그램이지만 뜸들이는 것만큼은 아직도 납득이 안 된다.

'안타깝습니다~~!!'

"우와 짜증 나."

---

*영국에서 유래된 퀴즈쇼 'Who Wants to Be a Millionaire?'의 일본판인 퀴즈$ 밀리어네어에서 사회자가 참가자에게 최종답안을 확인하는 질문

완주 일보직전인 500만 엔쯤에서 틀렸을 때의 분위기였다.

'정답은 D「사장」이었습니다.'

"아~ 그거 사이에서 망설였는데~. ······지금 뭐라고 했냐?"

'D「사장」.'

"쿠치키 사장?"

'대표이사 사장 쿠치키 뭐시기 씨가 저질렀습니다.'

그런 건 좀 기억해둬라. 나도 잊어버렸다만.

"아니, 진짜냐. 제일 윗사람인가."

'잘은 모르겠는디, 지금까지 유례가 없을 정도로 허벌나게 큰 거래 이야기가 나와서 말이여, 분위기가 겁나게 좋아져서 허세를 부렸다가 빼도 박도 못하게 됐디야.'

"과장이 사고 쳐서 10배였는데, 사장이 사고 치면 몇 배야?"

'50배 정도 아녀?'

"50배?!"

'아랫것들은 잘 모르겠다.'

생각했던 것 이상으로 위험한 사태다. 자칫 잘못하면, 아니, 상당히 높은 확률로 회사를 못 굴릴 정도로.

도산이라는 미래가 보이기 시작할 정도로.

"야."

'어이고, 맛츠, 그렇게 주인공처럼 말하는 건 그만하더라고?'

"하지만······."

'맛츠가 도와주러 온다고 해도 말이여, 어찌 할 수 있는 게 아니니께. 인자는 맛츠가 할 수 있느냐 할 수 없느냐 하는 그런 문제가 아니여. 대머리 뻐꾸기도 그 정도는 알고 있을 것이고, 맛츠는 안 와도 괜찮여. 오면 안 디야.'

"아아, 미안. 재미없는 소리 할 뻔했네."

'미안한 생각 들면, 다음에 사오토메 씨가 있을 때 전화 하더라고~.'

"음~, 뭐, 알겠다."

츠치야는 밤의 사오토메 씨를 잘 모를 테지만, 얼마 전에 벌어진 우노 지옥에서 서로의 본모습도 다소 봤을 테니. 밤에 전화해도 큰일은 안 일어날지도 모르겠다.

'약속한 거다. 그짓말 하면 콤비로다가 바늘 천 개 맥여불랑께.'

"콤비로 먹이는 거냐, 무서워라~."

'딩~동'

'오, 사오토메 씨냐?'

"어어, 미안. 밥도 먹어야 하니까 얘기는 다음에 하자."

'알았어 알았어. 여기도 슬슬 무라사키가 돌아…… 야, 이 녀석 편의점 봉투 속에다가 메론빵을 꽉꽉 채워서 사다가 왔는디. 야식 사오라고 하면 보통 메론빵만 싹쓸이 허냐.'

"메론빵을 좋아하나 보지. 같이 먹어줘."

'으아~, 나도 사오토메 씨랑 밥 먹고 잡구만~!'

츠치야의 비명을 끝으로 전화를 끊고 현관으로 갔다. 잠금장치를 푸니 오늘은 문이 금방 열렸고, 일주일을 끝내 피곤한 표정을 지은 미오 씨가 안을 들여다봤다.

"다녀왔습니다~…….."

"네, 어서 오세요. 이번 주는 정말 열심히 일했네요."

"응……. 이야기하는 소리가 들렸는데, 전화했어?"

"아아, 츠치야한테서 잠깐 전화 와서요."

"그, 그렇구나. 둘은 사이가 좋았지. 잘 지내는 것 같았어?"

"네, 그야 뭐."

"무라사키 씨는?"

"전화는 안 했지만, 아무튼 여전해요. 둘 다 일은 힘든 것 같았지만요."

원래 사장 이야기는 전 사원인 나에게도 가르쳐주면 안 되는 사내 정보다. 미오 씨에게 자세하게 이야기할 수는 없었다.

다행히 미오 씨도 추궁할 생각이 없는지 '……그렇구나'라며 한마디하고, 펌프스를 벗고 현관으로 올라왔다. 꽤 피곤해 보이는데, 저녁을 산뜻한 메뉴로 꾸린 건 현명한 선택이었던 모양이다.

"저녁 먹을 거죠? 오늘은 반건조 고등어에 카츠오나*와 유부를 넣은 된장국이에요."

"응, 고마워. 옷 갈아입고 올게."

"네, 천천히 하세요."

오늘도 미오 씨가 침실로 향하는 것을 바라보고, 나는 부엌으로 갔다. 뼈가 적은 고등어를 골라 그릴의 불을 켰다.

---

*유채과 식물로 갓의 친척

츠치야와 무라사키의 이름을 꺼낸 순간, 미오 씨의 표정이, 라인이 그어진 눈가가 살짝 굳은 것처럼 보인 게 묘하게 마음에 걸렸다.

◆ ◆ ◆

다음 날. 내 방에도 쌓여있던 광고우편을 처리하고 있던 점심 무렵, 그 전화가 걸려왔다.

'마츠모토 군, 용돈벌이 좀 하게 해줄까. 퇴직 직전에 받던 급여를 30분의 1로 해서 일당으로 쳐줄 테니까 헬프로…….'

"어어~이, 몰랐다고~!"

츠치야아! 이럴 일 없을 거라며!

아무래도 이름을 거론하면 감정이 상하니, '맛츠가 와도 손 쓸 수 없다는 것 정도는 대머리 뻐꾸기도 알고 있다'고 쿨하게 말한 전 동기에게는 마음속으로 불평했다.

내가 갑자기 소리치며 대응하니, 전화 너머로 오랜만에 들은 하야카와 과장의 목소리에도 당황이 묻어나왔다.

'몰랐다고? 무슨 소리지?'

"아뇨, 저희끼리 하는 얘기니 신경 쓰지 마세요."

'그, 그래. 그래서 언제 올 수 있나? 뭣하면 오늘 당장이라도…….'

"아뇨, 거절할 건데요."

왜 이 조류는 간다는 전제를 깔고 얘기를 하는 걸까.

'어, 왜?'

"그보다 무슨 생각으로 태연하게 30으로 나누는 건가요. 적어도 출근일 수인 25 정도로 나누라고요."

'아, 알았어. 25분의 1로 주지. 그러는 대신 오늘 당장 와줘. 이 조건이라면 대등하잖아?'

그 조건으로 대등한 계산이 된다니, 저 대머리 속에는 어떤 주판이 설치되어 있는 걸까. 주판처럼 보이는 낫토가 대신 들어있는 게 아닐까.

갈 생각은 전혀 안 들었지만, 과장이 전화를 준 건 기회였다. 츠치야가 말한 회사의 위기에 대한 정보를 얻을 수 있을지도 모른다.

"음~ 고민되는 조건이네요. 가야 하나, 말아야 하나……."

'이렇게 탐욕스러울 수가! 갑자기 그만둔 주제에 이 이상을 원하다니, 너에겐 의리와 인정이 없는 거냐?!'

호통을 들었다.

이것 참 대단하네. 과장 안에서는 어느샌가 내가 마음대로 그만둔 걸로 돼 있었다. 머리카락은 없는데 뇌 속에는 낫토가 실을 늘어뜨리고 있는 걸까.

"애초에 왜 저를 헬프로 쓰는 거죠? 츠치야는 체력이 있고, 무라사키도 슬슬 일을 익혔을 텐데요. 인력이라면 충분하잖아요."

'아니, 그건…….'

머뭇거렸다. 이건 밀어붙이면 되는 흐름이다.

"회사의 상황도 자기가 할 일도 모르는데 경솔하게 '하겠습니다!'라고 말하다니, 그것이야말로 의리 없고 무책임한 인간이 할 소리 아닌가요?"

'으~~~음, 그, 그렇네. 마츠모토 군이 그만둔 타이밍에 큰 거래가 들어온 건 알고 있지?'

날 인신매매한 대가로 말이지.

"네, 사장님에게 들었습니다."

'그 거래 말이야, 거래 건을 가져온 마케팅 회사를 끼고 진행 중인데, 고객이 엉뚱한 착각을 해서 혼란이 생겨서 말이야. 말도 안 되는 업무량 때문에 우리 회사가 터질 것 같단 말이야.'

"그렇군요, 그거 큰일이네요."

상대방이 착각했다고 말하고 있지만, 사장의 호언장담을 그대로 받아들여서 그렇게 됐을 것이다. 대략 츠치야에게서 들은 그대로인 듯했다.

'사이에 끼어있는 마케터가 조정한다고 여기저기 뛰어다니고 있는 것 같긴 한데, 그 젊은 아가씨에게 어디까지 의지할 수 있을지……. 하지만 이 상황을 극복하면 우리 과의 평가는 분명 끝없이 상승할 거야! 자네도 1년간 신세를 진 것에 대한 보답을 할 수 있지 않겠나?'

"아~ 네, 그렇…… 젊은 여성 마케터?"

흘려들으려고 했던 과장의 말끝에 절대로 무시할 수 없는 단어가 있어서 무심코 되물었다.

마케터. 전문지식에 근거하여 판매전략을 입안하거나 판매자와 구매자를 중개하거나 하는 마케팅의 전문가다.

내 이직을 대가로 결정된 거래를 담당하는 젊은 여성 마케터.

설마⋯⋯.

'오오, 흥미 있는가. 조금 깐깐하지만, 상당히 미인이야. 게다가 가슴이⋯⋯.'

"그분의 이름은요?"

틀릴 리가 없다. 십중팔구 '정답'일 것이다.

그렇다는 걸 알고 있어도 틀리기를 빌지 않을 수가 없었다. 하지만 과장은 내가 잘 아는 이름을 말했다.

'사오토메 씨였나. 그래, 사오토메 미오 씨다.'

"사오토메 미오⋯⋯."

'우리 회사에 있으면 만날 기회가 있을지도 모르지? 그러니까 빨리, 가능하면 1시간 안에 출근을──'

"거절하겠습니다. 이유는 제 이름이 마츠모토가 아니라 마츠토모이기 때문입니다. 그럼."

'어, 잠깐──'

'뚜~, 뚜~, 뚜~'

"후우~⋯⋯."

전화를 끊고 크게 숨을 내쉬었다.

"그야 그렇겠지~."

츠치야의 이야기를 들었을 때부터 예상은 하고 있었다.

내가 없어진 직후에 생긴 거액의 거래로 트러블. 조금만 생각해보면 거기에 미오 씨가 관련되어 있다는 것을 알 수 있다.

"나를 빼내기 위해 통과시킨 안건에서 알선한 회사의 사장이 크게 허풍을 친 탓에 츠치야와 무라사키가 실업 위기인가."

미오 씨에게 책임이 있는지를 생각해보면 미묘했다. 물론 직무상 책임은 있겠지만, 누가 나쁜지를 말하자면 쿠치키 사장이 9할 9푼 9리 나쁘다.

"하지만 미오 씨는 분명 신경 쓰고 있을 거야."

같이 식사하러 간 사람에게 파스타 소스를 튀겼다.

같이 쇼핑하러 간 사람과 이야기했는데 분위기가 그리 좋지 않았다.

그 정도의 일을 후회하며 인형을 끌어안고 혼자 우는 사람이 미오 씨다.

지금의 미오 씨가 츠치야와 무라사키를 어떻게 보고 있는지, 친구로 보고 있는지 아는 사람으로 보고 있는지, 나는 알지 못한다. 그래도 적어도 호의는 가지고 있을 것이다.

그렇다고 해도, 아니, 그렇기에 미오 씨는 분명 내가 상상할 수 없을 정도의 책임을 느끼고 있을 것이다. 이번 건이 무사히 수습된다고 해도 두 번 다시 두 사람과 엮이지 않으려고 할 정도로.

모처럼 이어진 인연이니, 그런 일은 되도록 피하고 싶었다. 하지만 어떻게 하면 좋을까.

"내가 뭘 할 수 있지. 지금 내가 무엇을……."

통화가 끊긴 스마트폰을 쥐고 미오 씨와 같이 산 문어 인형에게 물어봐도 대답은 돌아오지 않았다.

생각도 정리되지 않은 채로 맞이한 월요일 밤. 겨우 9시에 딱 맞춰서 집으로 돌아온 미오 씨는 뜨거운 마파두부를 입에 넣고 식히면서 일하다가 일어난 일을 이야기해주고 있었다.

"그래서 있지, '사령의 쟁반카레'를 빌려준 부장님이 프로젝터를 켜서 큰 화면으로 봤다고 하니까 엄청나게 기뻐했어~."

"둘이서 이것저것 내뿜은 보람이 있었네요."

"그랬더니 이번에는 이 영화를 빌려줘서……."

"'너의 췌장, 아래에서 먹을까 옆에서 먹을까'?"*

"아마도 피 튀는 공포영화……."

"이 얘기는 밥 먹고 나서 해요. 자 자, 그만."

"그러자. 응, 그럴게."

미오 씨는 츠치야와 무라사키의 회사에 관한 이야기는 전혀 꺼내지 않았다. 미오 씨에게도 비밀 엄수 의무가 있으니, 소속이 같다고 하더라도 거래처의 정보를 발설하면 안 된다는 중요한 책임이 있다.

조금 전까지 이야기한 영화를 좋아하는 부장 같은 경우에도, 나는 실명도 회사명도 모르며 물어보지도 않을 것이다. 그게 당연하다고 여기며 지금까지 생활해왔다.

---

*일본에서 2015년에 발매된 소설 '너의 췌장을 먹고 싶어'와 단막극 드라마와 극장판 애니메이션으로 나온 '쏘아올린 불꽃, 밑에서 볼까? 옆에서 볼까?'의 패러디

"주제를 바꾸죠. 그러고 보니 미오 씨, 그거 어떻게 했나요?"

"그거?"

"그 왜, 동창회 안내 말이에요."

"아……. 응, 가지 말까 싶어."

"모처럼이니까 친구랑 만나고 오면 좋을 텐데."

"그렇게 친한 친구도 없었으니까……."

"그런, 가요. 그럼 결석에 체크해서 우체통에 넣어둘게요."

"응, 고마워."

"그래서, 그러니까…… 아……."

"…………."

대화가 끊겼다.

"그러니까……."

"응……."

식탁에 미묘한 분위기가 흘렀다. 나도 원래 뭔가를 숨기는 걸 잘하는 편이 아니다.

미오 씨도 그렇다. 업무상의 비밀은 지킬 수 있지만, 이 건은 개인적으로 숨기는 것이다. 비밀 또한 커뮤니케이션이지만 미오 씨는 그게 서툴다.

그리고 미오 씨가 언급하는 것은 입장상 허용되지 않는다.

그렇다면…… 빚을 조금씩 갚아나가는 미래를 피하고 싶다면 남은 선택지는 하나다.

"미오 씨, 요즘 많이 바쁜 것 같네요."

"아, 응. 미안해. 매일 기다리게 해서."

"아뇨 아뇨, 이게 제 일이니까요. 그런데 왜 갑자기 바빠졌나요?"

"그건, 음, 회사 일이라서 말 못 할 것 같은데……."

예상대로 대답했다.

나는 작게 심호흡했다.

"저를 빼 와서인가요?"

"……그걸, 어떻게, 이럴 수가."

미오 씨의 손에서 떨어진 숟가락이 아래에 있는 마파두부와 부딪쳐 찰박하고 소리를 냈다. 확실하게 긍정하지 않아도, 미오 씨의 겁먹은 듯한 눈이 모든 것을 이야기해주고 있었다.

"죄송해요, 전에 다니던 회사 사람이랑 얘기하다가 알게 됐어요."

"츠치야 씨와 무라사키 씨는 이 일에 대해서 알아?"

"아직 모를 거예요."

"그, 그렇구나."

역시. 둘을 신경 써서 그랬던 건가.

미오 씨는 아주 약간 안심한 표정을 짓고는 조용히 고개를 숙였다.

"츠치야는 오히려 자기 회사의 사장이 주위에 폐를 끼쳤다고 화내고 있어요. 무라사키도 마찬가지일 거예요."

"그렇구나……."

"네, 미오 씨의 회사를 원망하지도 않았고요."

"그런가, 그렇구나. 그래."

"네, 뭣하면 제가 자연스럽게 말해서 반응을 봐도……."

"그건 하지 마!!"

미오 씨가 덜컹 소리를 내며 나무 의자에서 일어섰다.

처음 만난 그날 본 것과 비슷한 검고 가라앉은 눈동자가 이쪽을 보고 있었다.

"미오 씨……."

"전부 끝나면, 정리하면, 제대로 마무리하고 스스로 말할 거니까. 제대로 사과할 테니까. 지금은 절대로 말하지 마."

"알겠어요. 미오 씨가 그렇게 말한다면 전 아무 말 안 할게요."

확실하게 전했다. 모호하게 말하면 오히려 역효과가 날 거다. 설령 '언젠가'를 뒤로 미룰 뿐이라도 그리해야만 한다.

고개를 끄덕인 미오 씨는 의자에 다시 앉아 나를 똑바로 바라보면서 말을 계속했다.

"사실 조정 작업도 7할은 끝냈어. 거래처의 부장님이랑은 이런 상황에도 영화를 빌리고 빌려줄 수 있을 정도로 친밀한 관계를 몇 년이나 들여서 쌓아왔으니까, 분명 잘 될 거야."

"이야기에 나오는 부장님은 그 회사의……."

그래서 보지도 않는 호러 영화를 필사적으로 본 건가. 아주 두꺼운 실일지라도 끊어질 가능성을 1%라도 줄이기 위해서.

"이번 주……."

"이번 주 안에 끝난다고요?"

"다음 주가 시작될 때, 월요일 전까지는 정리될 거야. 이건 거짓말도 소망도 아닌 마케터 사오토메 미오의 견해. 그러니까……."

"알고 있어요. 그 일이 끝나면 츠치야와 무라사키에게 전화해요. 저도 옆에 있을게요."

"응, 나도 마츠토모 씨가 그렇게 해줬으면 해. 마츠토모 씨만은 언제나처럼 있어줘. 부탁이야."

"……알겠어요."

이것은 단순한 내 직감이지만, 분명 틀리지 않을 미래 예상이다.

이대로라면 결과는 달라지지 않는다. 전부 원만하게 해결되고 전화하면, 츠치야와 무라사키는 분명 용서할 것이다. 하지만 미오 씨는 분명 그 용서를 받아들이지 못할 것이다. 마음을 조개처럼 닫고, 다시 이 방에서 홀로 살아가게 될 것이다.

그런 예감이 들었다.

"애초에 미오 씨는 왜 그런 말을 하게 된 걸까……."

피곤하다며 일찍 침실로 가는 미오 씨를 배웅하고, 나는 설거지를 하면서 이리저리 생각했다.

표현이 싸구려지만, 미오 씨는 미인이다. 머리도 좋고 옷 스타일이나 헤어스타일의 센스도 좋다. 젓가락 쓰는 모습 하나를 봐도, 제대로 된 교육을 받았다는 것을 알 수 있는 훌륭한 여성이라고 생각한다.

그렇기에 알 수 없었다.

"그런 사람이 왜 업무라는 형태를 취하지 않으면 인간을 신뢰하지 않게 됐느냐가 열쇠인데……."

아마 이번 사건의 결말을 바꾸는 열쇠는 거기에 있을 것이다.

하지만 겨우 한 달 정도 전부터 알고 지내게 된 내가 그런 옛날 일을 알 도리가 없었다.

"……후우. 끝."

설거지를 끝내고 선반에 늘어놓은 다음 싱크대의 물기를 닦았다. 사소한 차이지만 매일 제대로 처리하면 훗날에 생기는 곰팡이와 물때의 양이 달라진다.

"미오 씨는 이제 잠들었으려나. 이제 시간이 늦었으니, 뭔가 생각을 한다고 해도 내일 해야 하나……."

침실 앞까지 가서 문을 향해 귀를 기울였다. 잘 때 나는 숨소리가 들리면 돌아갈 생각으로 그렇게 했는데, 들려온 것은 미오 씨의 목소리였다.

"도와줘……."

아마도 잠꼬대. 누구에게 하는 말일까. 직장 동료일까, 가족일까, 아니면 나일까.

그 대답은 금방 나왔다.

"아아짱……."

"또 아아짱인가."

감기에 걸렸을 때 미오 씨는 몽롱한 정신으로 계속해서 '아아짱'을 찾았다. 그다음 날, 아침 모드의 미오 씨에게 확인해본 바에 의하면 어렸을 적에 소중히 여기던 여우 인형인 듯했다.

초등학교 4학년 가을에 어떤 일 때문에 잃어버렸다고 했을 것이다. 이전에 봐버린 일기에도 이름이 나왔던 걸로 기억하고 있다.

"……잠깐만?"

초등학교 4학년 가을.

미오 씨는 28살이니까, 그야말로 거의 20년 전의 이야기다. 그렇게 어릴 때 잃어버린 장난감을 그토록 자세히 기억할 수가 있나?

나에게도 섬광전대 치바시가사가 인형을 잃어버린 쓰라린 추억이 있다. 해수욕하다가 일어난 일이라서 여름인 건 알지만, 몇 학년 때였는지는 나도 기억이 애매하다.

그러나 미오 씨는 잃어버린 시기를 정확하게 기억하고 있었다.

하지만 이상하게도 잃어버린 이유는 기억나지 않는다고 했다.

"그런가."

확신은 없었다. 하지만 길이 보였다.

"물어볼 수밖에 없나."

◆ ◆ ◆

다음 날 아침.

"다녀오겠습니다."

"네, 다녀오세요."

어딘지 긴장한 표정을 지은 미오 씨를 배웅한 나는 곧바로 거실의 책장에 손을 뻗었다.

"미안해요, 미오 씨. 지난달에 한 약속을 깰게요."

사생활 침해로 고소당해도 변명할 수조차 없는 짓이다.

하지만 지금 움직이지 않으면 난 분명 후회할 것이다.

"커버를 바꾼 일기랑 그리고…… 이거다."

책장과는 다른 선반에서 꺼낸 것은 졸업 앨범. 비닐로 코팅된 녹색 케이스에 담긴 군청색 하드커버는 세월 때문인지 살짝 색이 바래 보였다.

"그 일기는…… 찾았다. 미오 씨가 초등학교 4학년일 때의 10월인가. 미오 씨의 말대로 가을 무렵이군."

'아아쨩, 어딨어. 미카, 어째서.'

애처로움이 묻어나오는 어린이의 글자. 그 날짜는 10월 12일이었다.

"나머지는 졸업 앨범으로."

미오 씨의 초등학교 졸업 앨범은 내 것과 마찬가지로 그 학년의 1학년부터 6학년까지의 사진을 순서대로 실은 앨범이었다. 그 앨범을 한 장 한 장 주의 깊게 봤다.

일곱 장째 사진을 본 순간, 내 눈이 멈췄다.

"……미오 씨, 헤어스타일 외에는 별로 안 바뀌었네."

한눈에 봐도 미오 씨인 걸 알 수 있는 머리를 땋은 여자아이가 친구와 도시락으로 가져온 달걀말이를 서로 먹여주고 있는 사진을 찾을 수 있었다. 1학년 때의 소풍인 듯했다.

그런 미오 씨와 달걀말이를 교환하고 있는 사람은 조금 마음 약해 보이는 안경을 쓴 여자아이였다. 이 시대의 아이치고는 조금 드물게 고데기로 만 듯한 헤어스타일을 하고 있었다.

"혹시 이 애가 그 사람인가?"

반 사진으로 돌아가 얼굴 사진이 글자 순서대로 나열된 페이지를 차례대로 넘겨나갔다.

미오 씨가 있던 3반 다음, 6학년 4반에 '와타라세 미카코'의 이름을 찾을 수 있었다. 틀림없다.

"이게 '미카'로군."

동창회의 간사를 맡은 인물이 '미카'라는 것이 거의 확실해졌다.

"다음은 행사 사진을 다시 시간 순서대로 보자."

월 500을 받아도 사는 보람이 없는 옆집 누나에게 300에 고용돼서 '어서 와'라고 말해주는 일이 즐겁다

다행히 각 년도 마다 한 장씩은 미오 씨가 찍혀있는 사진이 발견되었다.

2학년. 운동회의 달리기 경주에서 미카 5위, 미오 씨가 꼴찌인 6위를 해서 서로 위로해주고 있다.

3학년. 농업체험으로 진흙투성이가 된 얼굴을 보며 서로 웃고 있었다.

4학년. 여름 바다 학교에서 주운 조개껍데기를 서로의 머리에 붙이며 놀고 있었다.

5학년.

"흠……."

미오 씨가 혼자가 되었다.

소풍 사진을 찾아냈다. 다른 그룹과 같이 안 보이지도 않을 정도의 아슬아슬한 거리에서 돗자리를 펴고 혼자 도시락을 먹고 있는 모습이 배경에 찍혀있었다.

6학년. 초등학교 6년 중에서 아마도 가장 큰 이벤트, 수학여행.

여기서도 미오 씨는 혼자였다.

아니, 주위에서 혼자로 만들고 있었다. 그룹 행동인데 명백하게 혼자만 거리를 두고 걷고 있다는 것을 사진으로도 알 수 있었다. 미카가 같은 그룹에 있는데도.

읽어나가는 사이에 졸업 앨범의 마지막 페이지에 도달했다.

"……여긴 그만둘까."

롤링페이퍼로 쓰는 하얀 페이지. 거기에는 무엇이 적혀있을까,

뭔가 적혀있을까?

그러나 이 페이지를 보는 건 필요 이상의 행동이다. 나는 그대로 앨범과 일기를 원래 있던 선반에 돌려놨다.

"다음은⋯⋯."

문제는 여기서부터다.

우편물 박스에서 한 장의 왕복엽서를 꺼냈다.

"여보세요, 이 번호는 와타라세 미카코 님의 전화가 맞나요?"

'와타라세는 결혼 전 성이지만, 맞습니다.'

"실례지만, 사오토메 미오 씨를 기억하고 계시는가요?"

전화 너머에서 약간 동요한 것을 느꼈다.

'⋯⋯네, 초등학교 시절의 소꿉친구입니다.'

"전 사오토메 미오 씨 아래에서 일하고 있는 사람인데 마츠토모라고 합니다. 고용주에 대해서 물어보고 싶은 게 있어서요."

'미오, 회사라도 세운 건가. 의외네.'

"뭐, 이래저래 사정이 있어서요. 그래서 사오토메 미오 씨의 과거 교우관계, 특히 '아아쨩'이라고 불린 친구에 대해 물어보고 싶은데요."

인형에 관해서 묻고 싶다며 물어보면 조금 수상하게 생각하지 않을까 싶어서, 일부러 인간 친구로 착각하고 있는 것처럼 가장했다.

전화 너머로 들리는 목소리에 확실하게 놀라움과 당황이 섞였다. 그런 와타라세 미카코의 입에서 나온 말은 나에게 있어서도 조금 예상 밖의 말이었다.

'한 번, 만나주실 수 있나요?'

갑작스러운 제안에 진의를 파악하지 못하고 있는 나에게 와타라세 미카코는 더더욱 무시할 수 없는 정보를 말했다.

'아아쨩은, 지금도 우리 집에 있다'고.

◆ ◆ ◆

실물이 있다. 그런 말을 들은 이상 움직이지 않을 수가 없었다. 나는 의문이 끊이지 않는 채로 지정된 약속 장소인 역에 내려섰다.

장소는 카나가와현의 요코하마시 교외. 아마 미오 씨의 고향일 것이며, 와타라세 미카코의 고향 집 근처의 마을이었다.

잠시 기다리니 졸업 앨범 사진에서 본 모습이 보이는 블라우스 차림의 여성이 나타났다. 고향 집으로 향하는 버스 안에서 와타라세 미카코는 내가 물어보기 전부터 미오 씨와의 과거에 관해 이야기하기 시작했다.

"원래 미오는 말주변이 없고 요령이 없어서. 사이좋게 대해주는 아이도 저 정도밖에 없었어요."

"그렇군요."

내 옆에서 버스 손잡이를 쥔 와타라세 미카코는 그렇게 이야기를 꺼냈다.

"그래서 따돌림도 꽤 많이 당한 것 같아요. 학교에서도, 다니고 있던 주판 교실에서도, 물건을 숨기거나 더럽히는 등 괴롭힘이 일상다반사였어요."

그녀는 살짝 빠른 말투로 이야기했다. 미오 씨의 일기에서 본 내용과 일치했다.

"그런 상황 속에서 당신만은 달랐다고요?"

"네, 도중까지는."

벌레라도 씹은 듯한 얼굴.

"협박당했어요. 미오를 감싸면 너도 표적이 될 거라고. 에둘러서 그런 말을 듣긴 했지만요."

"그래서 어떻게 했나요?"

"어쩔 수 없었어요. 저도 입지가 강한 편이 아니었으니, 도와주지 않는 아이를 그저 지키는 것도 한계가 있었어요. 최대한 저항했지만, 어쩔 수가 없어서……."

버스에서 내려 7월의 햇볕이 내리쬐는 주택가를 걸었다. 길 끝에 보이는 지극히 평범한 빨간 지붕 집이 그녀의 고향 집이라고 한다.

"그래서요?"

"그 애와 인연을 끊었다는 것을 확실히 하기 위해서 그 애의 인형을 숨겼어요. 그렇지만 이제 4학년이라고요? 인형을 떼기에도 좋은 시기였고, 그 애도 이해해줄 줄 알았어요."

"그럼, '아아쨩'이라는 게……."

"그 인형의 이름이에요. 사람이 아니에요."

말이 점점 빨라지고 있는 와타라세 미카코는 집에 도착하자마자 정원으로 향했다.

방 안에라도 있는 줄 알았더니 옥외 창고에 있나 보다.

"이 안에…… 음, 어라?"

"당신이 미오 씨에게서 아아쨩을 빼앗은 경위는 잘 알았습니다. 그런데 왜 그 인형을 계속 가지고 있었나요?"

"미오에게 사과하고 싶어서요. 어쩔 수 없었다고는 해도, 그 아이에게는 나쁜 짓을 해버렸으니……."

"그렇군요."

"그 애도 그때는 울었지만, 분명 이해해주겠죠. ……어라, 어디 갔지?"

나는 덜컹덜컹 소리를 내며 창고 안으로 손을 뻗는 와타라세 미카코에게서 위화감을 느꼈다.

어렸을 적에 친구에게 한 짓을 계속 후회하면서, 사과하기 위해 빼앗은 물건을 계속 가지고 있다.

뭔가 석연치 않았다.

"아, 있다. 찾았어요! 아~……."

와타라세 미카코가 끄집어낸 것을 보고 내가 느낀 위화감의 정체를 알았다.

"……이게, '아아쨩'?"

"비가 조금 샌 것 같은데요. 뭐 그래도 지금 와서 침대에 놓을 것도 아닐 테고……."

인형은 원형이 거의 남아있지 않았다.

찢어지고 더러워져서 속에 있는 기계가 보일 정도였다. 사전에 인형이라는 말을 들었기에 인형이라는 것을 겨우 알 수 있을 정도로 보존상태가 좋지 않았다.

받아보니 축축하게 젖은 느낌이 있었다. 건전지로 작동하여 말하는 인형이라고 들었는데, 이래서는 전기계통도 침수되어 분명 고장 났을 것이다.

"이건 제가 맡아도 될까요?"

"네, 가져가세요. 전해주면 분명 마음이 전해질 거예요. 아아, 왠지 어깨가 가벼워진 것 같아~."

와타라세 미카코는 어딘지 환한 표정으로 '그것'을 나에게 떠안겼다.

나는 당장이라도 부서질 것만 같은 아아쨩을 가져온 종이가방으로 옮겼다.

이걸로 볼일은 끝났다. 알고 싶었던 것도 거의 다 알아냈다.

이제 돌아가기만 하면 되건만, 내 발길은 떨어지지 않았다.

"……어깨가 가벼워진 건 당신뿐이잖아요."

"네?"

말을 꺼낸 뒤에 이 건 내가 할 말이 아니라는 생각이 들었지만, 나는 멈추지 못하고 눈앞에 있는 여자에게 말을 이어갔다.

"미오 씨를 배신해서 생긴 찝찝하고 떨떠름한 마음에 자기도 모르게 인형을 계속 가지고 있었는데, 다 잊어갈 즈음 저한테서 전화가 왔죠. 당신은 이참에 제게 떠맡기고 후련해지고자 생각했고요. 그렇죠?"

"뭐, 뭐야 갑자기."

"아뇨. 그저 미오 씨가 당신에게 배신당해서 얼마나 괴로워했는지 상상할 수 있다면 그런 말은 할 수 없지 않을까 하고 생각했을 뿐이에요."

'아아쨩, 어딨어. 미카, 어째서.'

이 꾀죄죄해진 천과 솜과 기계 덩어리는 미오 씨에게 있어서는 찢어진 친구이자 친한 친구에게서 배신을 당했다는 상징이다. 열에 시달리는 밤에, 고독을 씹는 밤에 꿈을 꾸고는 괴로워할 정도의 트라우마다.

그걸 형식적으로만 가지고 있다가 지금 와서 돌려주고 후련하다는 표정을 짓는 인간이 있다. 나는 그런 여자를 상대로 사람 좋게 웃을 수 있을 정도로 성숙한 어른이 아니었다.

"다, 당신이 무슨 상관인데 그런 말을 해?"

"네, 그렇죠."

"고용주라고 했는데, 혹시 탐정이나 뭐 그런 거야? 미오를 핑계로 내 신변을 조사하러 왔어? 안 됐지만 켕기는 짓은 아무것도 안 했어."

"아뇨, 전 미오 씨와 직접 고용계약을 맺은 평범한 종업원이에요. 서류 보여드릴까요?"

신분 증명을 위해 일단 가지고 오길 잘했다. 와타라세 미카코는 계약서를 꺼내려고 하는 나를 제지하고 뭔가 깨달았다는 표정으로 뻔뻔하게 웃었다.

"아아, 알았다. 당신, 사실은 미오의 남자친구지?"

"뭐라고요?"

"옛날이야기를 듣고 멋진 모습을 보여주려고 온 거 아냐? 깊이 사랑하고 있으니 참 훌륭하네."

아아, 진짜 이 사람은!

미오 씨는 사람을 믿으려고 했기 때문에 사람을 믿지 못하게 되었다. 하지만 이 사람은 처음부터 미오 씨도 안 믿고 있었던 걸지도 모르겠다.

"이건 제 의견입니다만."

원래는 미오 씨의 의견이지만.

"입으로 좋다, 좋다, 말만 하고 아무런 계약도 맺지 않은 인간에게 그럴 권리가 있다고는 생각 안 해요."

"뭣……. 그럼 당신한테는 있다는 거야? 무슨 계약으로?"

"권리가 있어서 온 게 아니에요. 하지만 책임은 있다고 생각해요."

"책임?"

"와타라세 씨, 전 말이죠. 미오 씨에게 웃으면서 '어서 오세요'라고 말해주는 일을 하면서 적지 않은 돈을 받고 있어요."

인형은 받았다.

가지고 가도 된다는 언질도 받았다. 여기에 더 있을 이유도 없다.

"그리고 미오 씨는 동창회에 안 가요. 이거, 직접 받아주실 수 있죠?"

나는 이해가 안 된다고 말하고 싶어 하는 듯한 와타라세 미카코에게 '결석'에 체크한 동창회 안내지를 떠넘기고 그녀의 고향 집을 뒤로했다.

분노라고도, 짜증이라고도 할 수 없는 감정이 가슴을 메슥거리게 했지만, 그보다 해야 할 일이 수두룩했다.

"자, 그럼."

사실 보존상태가 좋지 않으리라는 건 예상하던 일이었다. 만약 미오 씨에게 건네주기 어려울 정도일 때 어찌할지 대책도 이미 마련해놨다.

"이 정도일 줄은 상상도 못 했지만. 일단은 계획대로 움직이자."

시각은 낮 12시 반. 통상영업이라면 딱 점심 휴식 시간대다.

나는 스마트폰을 꺼내 착신 이력에서 눈에 익은 이름을 골라 탭했다.

'오~, 어헌 이이래~?'

"밥 먹는 중인 건 알았다. 미안하다 츠치야."

'아니, 밥 먹으면서 일하는 중이여.'

"일하는 중이라고?"

전에는 '펑크가 나서 오히려 할 일이 없다'고 말하지 않았냐?

"일, 움직이기 시작한 거야?"

'그라제~. 어째 조정하는 사람이 잘해준 것 같아서 말이여, 조금씩이긴 하지만 굴러가기 시작했제잉. 그런 상황에서 살려내다니, 일 잘하는 사람이라는 게 있는 곳에는 있는 법이더라고~.'

조정하는 사람. 츠치야와 모두가 있는 회사와 거래처인 대기업을 중개한 마케터.

분명 미오 씨일 것이다.

"그런가…… 잘됐네."

츠치야와 지금은 도쿄 어딘가에 있을 미오 씨에게 솔직하게 그렇게 말했다.

'그래서, 뭐 볼 일이라도 있는가? 맛츠가 전화하는 일은 드물잖에.'

"아니, 바쁘면 나 혼자서 어떻게든 할 건데."

'나왔네 나왔어, 사람 신경 쓰이게 하는 거. 자, 말해보쇼.'

"그럼 사양하지 않고 말할게. 너, 전에 말했었지? 스마트폰이 두부 가게의 차에 뭉개져서 신들린 업자가 데이터를 복원해줬다고."

'오오, 게다가 날아가서 물웅덩이에 빠진 걸 거의 완벽하게 복원해줬응께. 그 업자는 진짜여.'

"그 가게 좀 가르쳐줘. 미오 씨를 위해서 20년 전의 데이터를 끄집어내야 해."

'허허~, 사오토메 씨 꺼냐?'

"그리고 가까이에 무라사키 있으면 바꿔줬으면 하는데……."

'기다려봐라, 자세한 얘기 좀 들려주라. 뭣하면 우리도 거들게

해달라 이 말이여. 아야~ 무라사키, 잠깐 와봐!'

"……너라면 그렇게 말해줄 줄 알았어. 시간이 별로 없으니 무라사키가 오면 바로 스케줄링을 시작할게."

그로부터 며칠은 정말 쏜살처럼 지나갔다.

미오 씨의 귀가는 날이 갈수록 늦어졌고, 토요일과 일요일에도 출근하여 완벽을 목표로 일하는 중이다.

나도 츠치야, 무라사키와 연락을 하면서 작업을 진행했다.

그렇게 맞이한 한 주가 시작되는 월요일. 약속한 날의 밤 9시.

미오 씨가 탄 엘리베이터가 맨션 6층에서 문을 열었다.

"오랜만에 좀 지쳤나……."

엘리베이터의 문이 열리고 익숙한 맨션의 복도가 나타나니 자연스럽게 한숨이 새어 나왔다.

드디어, 끝났다.

수량을 조정하고, 스케줄을 조정하고, 인원을 조정하고. 내가 키워온 스킬도 연줄도 최대한 이용해서 어떻게든 사태를 수습할 수 있었다. 재발 방지책까지 마련해뒀으니 다시 이런 일이 생기지도 않을 거다. 이제 두 회사 모두 이 거래로 만족스러운 수익을 낼 수 있을 것이다.

그만한 일을 완수했지만 돌아가는 발걸음은 납덩이처럼 무거웠다.

"집에 가면 마츠토모 씨에게 보고하고, 츠치야 씨랑 무라사키 씨에게 사과하고, 그리고……. 그게 다인가?"

그걸로 끝.

정말로, 끝.

"화내려나. 혼내려나."

츠치야 씨와 무라사키 씨.

마츠토모 씨를 통해 두 사람과 알게 된 지 얼마 안 됐지만, 정말 마음이 따뜻한 사람들이라는 것은 알고 있다. 아마 내가 사과하면 분명 용서해줄 것이다. 그러나.

그게 가장 무서웠다.

입으로는 그렇게 말해도 분명 마음속에는 일말의 분노와 원망이 남을 것이다. 그런 부정적인 요소가 차차 쌓여서 언젠가 나를 덮칠 날이 올 것이다.

나와 4년이나 함께 지내준 미카도 그렇게 떠나갔으니까.

내가 먼저 거리를 두어야 한다. 그것이 내가 져야 할 책임이다. 나는 그만한 짓을 했으니, 변명할 권리도 없고 그럴 생각도 없다.

어긋났던 것이 원래대로 돌아가는, 그뿐인 일이다.

"아……."

그런 생각을 하면서 걷는 사이에 자신의 집인 603호실 앞에 와 있었다. 방금 막 지나온 605호실에 인기척이 없다는 것이, 집주인인 마츠토모 씨가 오늘도 내 집에서 기다려주고 있다는 것을 말해주고 있었다.

'딩~동'

인터폰을 울리자 안에서 잠금장치를 푸는 소리가 났다.

문손잡이에 손을 걸치고 천천히 안을 들여다보듯이 문을 열었다. 이 행동에 무슨 의미가 있는 건 아니다. 그저 오랜 세월 혼자서 살아온 기억이 안에 아무도 없는 게 아닌가 하는 불안감을 주체할 수 없을 정도로 불러일으킬 뿐이었다.

"……마츠토모 씨?"

없다.

잠금장치가 풀렸으니 없을 리가 없는데 현관에 인기척이 없었다.

대신 새하얀 여우 인형이 마중을 나온 것처럼 마루가 깔린 복도에 오도카니 앉아 있었다.

"왜 후부키가 여기……."

아니다.

"말도 안 돼……."

후부키가, 후우쨩이 아니다.

"하지만 그럴 리가……!"

신발을 벗어 던지고 인형을 잡았다.

형태가 있다.

무게가 있다.

헛것이 아니다.

"'사오토메 미오'……."

똑같은 제품일지도 모른다는 지극히 당연한 생각마저 등에 적힌 자신의 이름을 보고 안개처럼 흩어졌다. 틀림없이 5살 때의 내가 보고 따라서 쓴 글씨다.

그럴 리가 없다. 하지만 눈앞에 증거가 있었다.

"아아쨩, 이야……?"

감촉을 확인하듯이 꼭 쥐었다가 뱃속에 딱딱한 감촉이 느껴지는 것을 알아차렸다.

아아쨩은 말하는 인형이다. 잊을 리 없는 그 사실을 지금 다시 떠올렸다.

"그, 그래. 분명 버튼이 이 근처에……."

버튼의 위치를 손가락으로 더듬어 찾으면서 문득 옛날에 어디선가 읽었던 것을 떠올렸다.

만남이 있으면 반드시 헤어짐이 있다. 그리고 사람은 헤어진 사람에 대해서 점점 잊어간다.

얼굴.

성격.

버릇.

냄새.

이러한 기억은 시간과 함께 소실되어 가며, 이윽고 완전히 색이 바래버린다. 다만 그중에서도 먼저 사라지는 것과 나중에 사라지는 것의 순서가 있는데.

어느 연구자에 따르면, 인간은 먼저 '목소리'를 잊어버린다고 한다.

거기까지 떠올린 순간, 나는 겨우 찾은 버튼을 꾹 눌렀다.

"'어서 오세요!'"

"아……."

완전히 닳아서 해진 기억이 색을 되찾았다.

목소리.

이 목소리.

아아쨩의 목소리.

"아아, 아."

넘쳐흘렀다. 5살 때 만나 10살에 헤어질 때까지의 5년 동안의 기억이 끊임없이.

이 아이를 잃어버린 뒤로 홀로 눈물을 흘린 밤의 기억이 한없이.

흘러넘치고 흘러넘쳐서 멈추지 않았다.

"아아아아아아아아……!!"

이제 두 번 다시 떨어지고 싶지 않았다. 그런 마음을 품고 나는 아아쨩을 끌어안았다.

"제가 찾았을 때는 아아쨩의 원형이 거의 남아있지 않았어요."

미오 씨가 진정하기를 기다렸다가 현관으로 나가자 미오 씨가 젖은 눈동자로 날 올려다봤다.

"역시 마츠토모 씨가 이걸?"

"네. 무라사키랑 분담해서 겉모습을 가다듬고, 아, 이름이 적힌 곳은 남겨둬야 한다고 말한 건 무라사키에요. 스스로 적은 이름 은 평생 가는 거라면서."

"무라사키 씨가……. 하지만 목소리까지 남아있다니."

"그건 뭐, 츠치야를 칭찬해주세요."

자기도 바쁜데 그 업자에게 가서 엎드려 절하면서까지 빌어서 초특급으로 음성 데이터를 수복한 것은 츠치야의 공적이다. 과정 이 썩 폼나지 않았으니 미오 씨가 몰랐으면 한다는 본인의 의지 를 존중해서 자세히는 말하지 않기로 했다.

"츠치야 씨까지? 왜, 그런 일을."

"저한테 물어봐도 저는 모르죠. 그러니까 직접 물어보세요."

"어?"

통화 중 상태인 스마트폰을 건넸다. 당황한 미오 씨의 손에 쥐 어서 귓가로. 통화 상대는 말할 것도 없었다. 나도 간신히 바늘 천 개를 콤비로 삼키지 않고 넘어갈 수 있을 것 같다.

"여, 여보세요. 전화 바꿨습니다."

'여보세요~, 사오토메 씨인가요~?'

"네, 어, 사오토메입니다……."

'우오오, 오랜만이에요, 츠치야입니다! 들으셨나요? 멋지게 되살아난 그 인형의 목소리! 야 무라사키, 밀지 마! 순서 지키라고, 순서!'

"그 아이의 목소리를 츠치야 씨가……?"

'아이고~, 하나밖에 못 고쳐서 죄송합니다! 저의 고도의 교섭술로 부탁을 해봤는디 고장나분 건 못 고친다는 말을 들어서……!'

"아니에요, 하나로도 충분해요."

'아아쨩'은 말하는 인형이지만, 20년도 더 된 장난감에 요즘 보이는 하얀 접객 로봇 같은 AI회화 기능이 달려있을 리는 없다.

딱 네 종류. 정해진 음성이 수록되어 있을 뿐이었다.

'안녕.'

'다녀오세요.'

'어서 오세요.'

'잘 자.'

배 속에 있는 버튼을 누르면 이 음성들을 순서대로 재생한다. 그런 기능이었다.

침수된 반도체에서 수복할 수 있었던 것은 네 개의 음성 중에서 '어서 오세요'뿐이었다.

'근디 참말로 잘 됐네요잉~ 사오토메 씨. 저도 다~ 이해하죠. 어릴 때 잃어버린 장난감은 무슨 일이 있어도 잊을 수가 없죠. 20

년을 넘어서 한 재회에 꽃을 더할 수 있어서 저도 마음에 꽃이 핀 것처럼 좋네요. 아, 지금 건 꽃이라는 단어를 이용한 빼어난……'

"저, 저기!"

'응, 뭔 일이대요?'

"저, 츠치야 씨와 무라사키 씨에게 사과해야만 하는 일이……!"

이럴 생각으로 준비하고 있었을 것이다.

한 번씩 말문이 막히면서도, 미오 씨는 자신이 한 일, 일어난 일, 정리된 일에 대해 조리 있게 이야기해 나갔다. 츠치야는 조용히 그것을 듣고 있었다.

"그래서 이번에 츠치야 씨와 무라사키 씨의 회사가 경영 위기에 처한 건 따지고 보면 제가 원인인데……!"

'참말이대요?'

"네……. 정말 죄송──"

'그 노련한 마케터가 사오토메 씨였다니!!'

"……예?"

사오토메 씨는 '어?' 하는 표정을 짓고 있었지만, 나는 솔직히 이렇게 될 줄 알았다.

'부서에서도 평판이 대단해요! 허벌나게 예쁜 마케터가 손도 못 대는 상황을 한방에 뒤집었다고요! 아이고~, 이번에는 우리 사장님이 번거롭게 해서 죄송합니다!'

"아, 네에. 정중한 인사 감사합니다……?"

'무라사키! 소문의 미인 엘리트, 누구였는지 아냐?! 아야, 거기

서는 분위기 파악하고 누구인가요? 라고 물어봐야제. 그래, 사오
토메 씨였어, 그 사람!!'

　이번 사건을 휘말린 입장인 츠치야 일행의 시점으로 보면 이렇
게 된다.

　항상 자기들을 마음대로 부려 먹는 독재자 사장이 대기업을 상
대로 사고를 쳐 얼굴이 창백해져 근심하며 탄식. 그때 당당하게
나타난 미인 엘리트가 모든 것을 원만하게 해결하고 사장의 면목
은 완전히 박살.

　덧붙여서 말하자면 이번 대규모 거래 덕분에 다음 보너스를 기
대할 수 있는 것이다.

　"뭐, 미오 씨에게 감사하는 마음이 더 클 거에요."

　"어째서……?"

　'그보다 이 안건은 사오토메 씨랑 공동작업 한 거 아녀! 아자!
힘이 넘쳐흐른다~~! 앞으로도 잘 부탁드립니다!!'

　"저, 저야말로 부디 잘 부탁드려요?"

　'좋아, 사무실로 돌아가자 무라사키! 사오토메 씨가 밥상은 다
차려줬응께, 여기서부터는 우리 일이다!'

　'어, 츠치야 선배?! 저 아직 아무 얘기도 안 했는데요?!'

　"무라사키 씨도……."

　'이, 이번에는 옛 친구와의 재회를 축하하며, 회사를 위기에서

구해주셔서 감사함을 이루 말로 표현할 방법이 없습니다. 이후로도 이전에 맺은 의자매의 맹세를…….'

'무라사키, 길어. 그리고 딱딱해!'

'엣, 앗, 사, 사오토메 씨!'

"앗, 넷?!"

'아아쨩과 만나서 정말 잘됐어요! 다음에 제대로 고쳐진 걸 보러 갈게요!'

"미, 밀크티를 준비해둘게요!"

'뚝, 뚜~, 뚜~, 뚜~, 뚜~'

"끊어졌어……. 이유도 결국 못 물어봤어……."

"침착함이라는 단어를 모르는 건가, 저 녀석들은……. 무라사키의 명예를 위해 보충하자면, 아아쨩은 그 녀석이 거의 다 수리했어요."

내가 받아온 아아쨩은 천도, 속에 채운 솜도 너덜너덜해서 모르는 사람이 보기에도 거의 전부 교환해야 한다는 게 명백했다. 무라사키는 그런 아아쨩을 분해하여 형지에 부품의 본을 떴다. 거기서 순서를 정하고 내가 해도 할 수 있는 작업을 픽업해줬다.

"낮에는 제가 할 수 있는 부분을 하고 밤에는 무라사키가 어려운 부분을 맡아 진행했어요. 덕분에 어제 어떻게든 완성했어요."

"그렇게까지 수고를 들여서……."

"기계가 들어있는 타입은 무라사키도 처음이었대요. 꽤 고생했으니까 다음에 만나면 칭찬해주세요."

다음에 만나면.

그렇다. 두 사람은 다시 미오 씨와 만날 생각을 하고 있었다. 만날 생각으로 가득했다.

"또, 만나도 될까?"

"네, 괜찮을 거예요."

미오 씨는 사람의 말을 믿지 못한다. 구두 약속을 받아들이지 못한다. 나는 고용계약까지 맺었다.

일이라면 그것도 방법이지만, 친구는 계약으로 얻는 게 아니다.

친구를 만들고 싶다면 '행동'해야 한다.

"조금만 더 만나도 괜찮을까."

"미오 씨만 좋다면 조금이 아니라 얼마든지요."

사람은 행동으로 보여야 믿는다. 그게 사람이다. 이건 미오 씨오 마찬가지고, 츠치야와 무라사키라면 틀림없이 미오 씨를 위해 행동할 것이다. 그게 내가 건 도박이었다.

아무래도 이 도박은 나의 승리인 것 같다.

"한 번만 더…… 만나볼까."

"네, 그렇게 해주세요."

미오 씨는 다시 아아쨩을 조금 강하게 안았다. 바로는 무리겠지만, 이걸로 미오 씨의 인간불신도 개선되어 갈 것이다.

이제 믿을 수 있는 친구가 둘이나 생겼으니까.

"하지만 그 전에 한 번 더 전화해야 해. 언제 하면 좋을까……?"

"지금 하는 일이 정리되면 밤 시간대에 하는 게 좋겠네요. 볼일이라도 있나요?"

"아까 고맙다는 말을 못 했으니까, 무례한 사람이라고 생각할지도 몰라. 그 왜, 친한 사이에도 지켜야 할 예의가 있다는 속담이…….."

"아…… 네, 그렇네요. 하하하……."

역시 아직 갈 길이 먼 듯했다.

그럼, 어찌 됐든 간에 이걸로 한 건 해결……했다고 하고 싶지만, '책임'져야 할 일이 하나 더 있었다.

"미오 씨."

"응, 왜?"

"사실은 저도 미오 씨에게 사과해야 하는 일이 있는데요."

"어, 무슨 일이야?"

내가 책임져야 할 일. 그것은 아아쨩을 되찾는 과정에서 생긴 일이었다.

"아아쨩에 대한 단서를 얻고 싶어서 졸업 앨범과 일기를 보고, 초등학교 시절의 동급생에게 연락을 해버렸어요. 가능하다면 수리도 상담한 뒤에 하려고 했지만, 아무래도 보여줄 수 있는 상태가 아니라서 제 마음대로……. 죄송해요."

미오 씨를 위해 한 일이라도 약속을 깼다는 사실은 변하지 않는다. 오히려 고소를 당해도 이상하지 않다고 한 건 나였다.

미오 씨는 머리를 숙이는 나를 보고 잠시 고개를 갸웃거린 뒤 피식 웃었다.

"근무태도가 나쁜 종업원이네."

"할 말이 없네요. 제가 이 일을 시작한 지 한 달 이상이 지났고, 보통 회사라면 수습 기간이 끝날 때죠. 어떤가요, 이런 사원을 정식채용 하실 건가요?"

내가 생각해도 심술궂은 질문이지만, 나도 꽤 노력했다.

이 질문에 대한 대답을, 고용주의 입에서 나오는 말을 듣고 싶었다.

"할 거야. 아니, 그만두면 안 돼."

"마중은 이제 아아쨩이 해줄 건데요?"

"그래도 난 마츠토모 씨가 말해주면 좋겠어."

고용주가 정 그렇다면야.

"알겠습니다. 앞으로도 잘 부탁드립니다."

"응, 잘 부탁드려요."

"그럼 바로 오늘의 일을 하게 해주세요. 미오 씨가 먼저 말하지 않으면 저도 업무를 수행할 수가 없어서요."

"후후, 그랬지."

미오 씨는 한바탕 웃고는 문밖으로 나가더니 착실하게 엘리베이터로 아래까지 내려갔다. 곧 빠른 걸음으로 복도에서 다가오는 발소리가 들렸고, '603'이라고 각인된 현관문이 크게 열렸다.

"다녀왔습니다, 마츠토모 씨!"

한 달에 30만 엔을 받고 현관에서 마중한다. 그것이 나와 미오 씨의 고용계약.

그러니 종업원으로서, 동시에 조금은 친구로서, 나는 오늘도 이 말을 전한다.

시작하기 전까지는 상상도 못 한 별난 업무지만.

"어서 오세요, 미오 씨."

난 이 일이 정말 즐겁다.

"알긋냐 무라사키. 이건 천하의 도쿄에서 생겨난 문화니께 관동 지방의 현에서는 어디서든 말해야 한다고. 알긋냐?"

　"츠치야 선배, 그 발언은 관동에 있는 모든 현에 대한 도전으로 받아들여도 괜찮은가요? 이바라키를 얕보면 80년대식 불량배를 적으로 돌리게 된다는 걸 알고 하는 말인가요?"

　"뭐, 이런 때가 아니면 기회가 없는 것도 사실이잖아. 갑니다, 미오 씨."

　"어, 어, 아바, 네?!"

　하나~ 둘.

　""""바다다~~~~~~~~!!!""""

　나이깨나 먹은 남녀의 환성이 7월의 태양이 내리쬐는 쿠쥬쿠리 하마*를 가로질렀다.

　일의 발단은 7월 초로 거슬러 올라간다.

　"직녀님이 보이네~."

　"네, 저쪽에 견우도 있네요. 도쿄에서도 불을 끄면 별도 나름대로 보이네요."

　츠치야 일행도 휘말리게 한 사건이 정리되고 이틀이 지난 수요일.

———————
*치바현 동부에 있는 일본 최대의 모래사장 해안

나와 미오 씨는 둘이서 때늦은 작은 칠석 축제를 하고 있었다.

작은 조릿대에 매달린 탄자쿠*가 창문에서 불어오는 바람에 팔랑팔랑 흔들렸다. '세계평화'라고 적힌 종이가 조릿대 잎에 스치는 소리를 들으면서 차가운 소면을 먹는다.

이것이야말로 일본의 여름이다.

"소면은 매년 질리는데 또 먹고 싶어지니까 참 신기해~."

"여름만 오면 '아~ 소면 먹어야 하는데~'라는 의무감이 들죠."

"그렇지?"

"일본인의 DNA에 새겨진 확장기능일 거예요, 분명."

다행히도 오늘은 올해 처음으로 소면을 먹은 날이다. 싫증 없이 가장 맛있는 소면을 먹을 수 있는 날이다.

소면 자체의 맛을 즐기기 위해 고명도 심플하게 파에 김, 생강, 그리고 낫토만 넣었다. 소면 옆에 낫토가 놓인 것을 본 미오 씨가 '마츠토모 씨, 피곤한 걸까……?'라고 생각하는 듯한 표정을 지은 건 의외였지만.

"있잖아, 정말로 낫토 넣으면 맛있어?"

"정말이에요."

"맛있으면, 얼마나?"

"환각으로 은하수를 볼 정도로요."

"은하수?!"

"네, 도쿄의 찌든 하늘에 콩과 밀가루의 밀키웨이가 보여요."

---

*칠석 때 소원을 적어서 조릿대에 매다는 작고 긴 종이

반신반의하는 모습으로 나를 따라 소면의 쯔유*에 낫토를 넣는 미오 씨. 가볍게 섞어서 거기에 소면을 담그니, 몇 알의 낫토가 소면에 얽혀서 올라왔다.

"뭔가 갈색 낟알이 늘어서 있어서 주판 같아."

"아…… 네, 그렇네요."

열과 알코올 때문이라고는 해도 낫토의 연산 능력으로 회사를 구하려고 한 사람은 하는 말부터 달랐다. 미오 씨 안에서는 낫토와 주판은 상당히 가까운 존재일지도 모르겠다.

당분간은 사라질 것 같지 않은 기억을 떠올리며 내심 고민하는 나를 제쳐두고 미오 씨는 낫토가 얽힌 소면을 입으로 옮기고 움직임을 멈췄다.

"미오 씨?"

"……백조가 날고 있어."

"여러 사람에게 이렇게 먹으라고 추천해왔는데, 은하수 상공에 백조자리까지 본 사람은 처음이에요."

"맛있어, 맛있어, 마츠토모 씨!"

"그렇죠?"

"난 이런 건 생각도 못 했어……!"

"쯔유랑 낫토에 뿌리는 소스는 거의 같은 거니까요. 안 맞는 게 이상한 거죠."

사실은 이걸 하기 위해서 일부러 쯔유를 가다랑어포와 고등어

---

*육수와 간장, 미림, 설탕을 베이스로 만든 조미료

포로 만든 걸로 골라서 사 왔다.

낫토에 함유된 감칠맛 성분은 콩에서 나온 글루탐산이다. 거기에 가다랑어포와 고등어포의 이노신산이 더해지면 상승효과로 인해 감칠맛이 몇 배는 더 뛰어오른다.

이 감칠맛이 담백한 소면에 얽혀서 따끈따끈한 낫토밥과 똑같은 맛을 시원하게 즐길 수 있는 것이다.

"이것 말고도 참기름이나 된장라멘의 스프도 좋아요. 쯔유에 넣기만 하면 되니까, 소면을 다양하게 즐길 수 있죠."

"오오오……!"

"그리고 재료와 함께 볶은 소민참프루*에도 오키나와풍, 사천풍, 광동풍 등 여러 가지가 있어요. 쌀국수랑은 식감이 달라서 밥반찬으로 써도 좋죠."

"후오오오……!!"

"올해야말로 가을까지 싫증 내지 말고 소면을 다 먹어요."

"오~!"

물론 수완 좋은 마케터가 받는 여름 선물의 양을, 정확히는 소면의 양을 내가 너무 얕보고 있었다는 걸 통감하게 되지만, 그건 나중의 일이다.

"……응?"

이야기하는 사이에 스마트폰의 SNS 앱에 채팅이 와있는 것을 알아차렸다. 시각은 30분 정도 전이었고, 전화를 걸어도 받지 않

---

*소면과 여러 재료를 함께 볶아서 만드는 오키나와의 향토요리

아서 문자를 보낸 듯했다.

"왜 그래~?"

"츠치야한테서 왔어요. 여름휴가 일정이 잡혔다고."

츠치야 일행의 회사는 6월에 갑자기 생겨난 큰 거래 때문에 때 아닌 성수기를 맞았다. 그 탓에 사원이 일제히 쉴 수는 없어서, 7월부터 8월에 걸쳐서 교대로 쉬게 되었다고 한다.

"언제야~?"

"7월 마지막 주네요. 무라사키도 똑같대요."

"그렇구나~."

"그래서 말이죠."

"응?"

미오 씨가 고개를 작게 갸우뚱했다. 휴가가 정해졌다고 말한 건 어디까지나 서론. 본론은 지금부터다.

"츠치야가 넷이서 바다에 가고 싶대요."

"바다?"

"네, 바다요."

"바다인가……."

"여름의 야외활동이라고 하면 바다지! 같은 느낌이죠."

미오 씨는 실내파다. 저번처럼 필요한 물건이 있다면 몰라도 쉬는 날에 굳이 사람이 붐비는 곳으로 외출하지 않는다.

가면 재미있을 걸 알면서도 엉덩이가 의자에서 떨어지지 않는다. 그것이 실내파의 숙명이다.

"가면 재밌을 거야. 분명 재밌을 거야, 응."

"바다는 싫어요?"

"그건 아닌데……."

"산이 좋으면 그렇게 전달할게요. 츠치야랑 무라사키도 미오 씨가 재밌게 놀면 좋겠다고 생각할 거니까."

돌이켜보면 츠치야에게는 빚만 지고 있었다.

감기 때는 심부름을 시키고, 늦은 밤에 불러서 밤새워 우노를 하고, 아아짱 수리 건에서는 예상을 뒤엎고 멋지게 목소리 복원에 성공했다. 그리하여 어중간하게 갚을 수 없는 은혜를 갚지도 못한 채 몇 겹이나 쌓이고 있었다. 게다가 아아짱의 은인인 무라사키도 기대하고 있다고 하니 체크메이트다.

바람은 들어주고 싶지만, 한쪽의 이야기를 들어주면 다른 쪽의 이야기를 들어주지 못한다……고 나는 그렇게 생각하고 있었지만. 아무래도 미오 씨는 그런 부분을 고민하는 게 아닌 듯했다.

"바, 바다는 좋아하는데? 츠치야 씨랑 무라사키 씨랑도 같이 가고 싶은데 하지만, 그……."

"신경 쓰이는 거라도 있나요?"

"나 말이야, 전에는 저녁밥이 두부랑 샐러드 같은 거였어."

"창문을 깬 날에 그런 얘기를 했었죠."

"그래도 있잖아, 탄수화물은 없으면 없는 대로 괜찮지만 있으면 마음껏 먹고 싶어지는 게 일본인의 DNA잖아?"

"그래서요?"

"마츠토모 씨의 밥이 맛있어서, 조금⋯⋯."

"하기 어려운 말을 하게 만들었네요. 죄송합니다."

"마츠토모 씨."

"네."

"소면은 오늘부로 봉인하자."

"좋은 소식이 있어요. 내일은 두부를 세일하는 날이에요."

"일망타진해. 이건 명령이야."

"옙!"

이리하여 7월 말의 해수욕이 결정됐다.

그로부터 2주일은 눈 깜짝할 사이에 지나가고 맞이한 약속의 날.

"서브, 갑니다!"

"그래, 와봐!"

두부 생활을 한 보람이 있었는지 없었는지 모르겠지만, 무사히 바다에 온 미오 씨는 무라사키와 비치 볼로 배구를 즐기고 있었다. 랠리가 2번 이상 이어지지 않는 걸 배구라고 불러도 될지는 모르겠지만, 뭔가 대단했다.

"좋구만⋯⋯."

"그렇네⋯⋯."

엄청나게 흔들린다. 어마어마하게 흔들린다. 미오 씨가 달리거나 뛰어오를 때마다 무엇인지 말하지는 않겠지만 흔들흔들 흔들렸다.

여기로 저기로 공을 굴리고 주우러 갈 때마다 공과 함께 주위의 시선을 모조리 가지고 돌아올 정도였다. 여름 햇볕에 빛나는 프릴 장식과 하얀 비키니, 눈부시게 하얀 피부의 조합이 아름다웠다.

마찬가지로 공을 쫓는 무라사키도 라이트퍼플 원피스 수영복이 날씬한 몸에 어울리는 여름의 차림이었다. 짙은 갈색 머리칼을 묶는 슈슈가 하얀 프릴이 달린 녀석으로 바뀐 것도 좋은 포인트였다. 시선을 빼앗기는 손님층이 미오 씨와 약간 다른 건 이해가 잘 안 됐다.

"츠치야는 참가 안 해도 돼? 운동 잘하는 편이잖아."

"그야 나도 참가하고 싶제."

나와 츠치야는 파라솔 아래에서 두 사람을 멍하니 바라보고 있었다.

"그렇겠지."

"그래도 말이다, 기다리고 있어."

"뭘?"

"헌팅이제."

"설마 헌팅 당하고 싶은 거냐."

츠치야의 귀중한 헌팅 대기 신이었나.

"뭔 소리 한다냐, 맛츠."

"미안, 나도 내가 말해놓고 그건 아니라고 생각했어."

"당연히 사오토메 씨와 무라사키가 헌팅 당하는 걸 기다리는 거 아니긋냐."

"……그렇구나, 이해했어."

그 말만으로도 뜻이 전달되는 게 남자의 대화다.

개방적인 여름 바다. 밝은 햇볕. 웃음꽃이 활짝 핀 수영복을 입은 미녀.

어디까지나 상상이지만, 이런 상황에는 분명 이런 일이 발생한다.

"여~~어! 언니들 둘 뿐이야~?"

"뭐, 뭔가요 당신들은. 사오토메 씨에게 무슨 볼일 있나요?"

"언니들의 미모에 심쿵한 한여름의 남정네 콤비입니다~!"

"우리는 지금부터 수상 바이크를 탈 건데~? 같이 안 탈래~?"

"저기, 저희는 별로……."

"괜찮아 괜찮아, 안 무섭다니깐~! 한 번 타면 중독된다니까!"

"잠깐만요, 그렇게 강제로……!"

"아바바바바바."

강압적이고 경박한 남자들에게 당황하는 미오 씨와 무라사키의 모습을 선명하게 상상할 수 있었다.

"음, 가능성이 있군."

"당연하제."

"그때 우리가 나서는 건가."

"그렇지."

상상 속의 내가 옥신각신하는 네 명에게 다가갔다.

"미오 씨, 무라사키. 무슨 일 있나요?"

"칫, 남자가 딸려있나. 그래도 빈약하지 않냐? 이길 수 있을 것 같은데?"

"잠~깐 수상바이크 좀 같이 타자고 권유했을 뿐이에요~! 언니들도 타보고 싶다고 말한다고요~!"

"저, 저도 사오토메 씨도 그런 소리는 한마디도……."

"얘는 이렇게 말하는데요."

"어이 어이 분위기 파악하라고~? 조금은 괜찮잖아~?"

"독차지는 좋지 않다는 걸 초등학교에서 안 배웠나~?"

"……당신들이야말로 여자를 물건처럼 다뤄서는 안 된다는 걸 유치원에서 안 배웠나요?"

"칫, 시끄럽네. 닥치고 세 발짝 물러서면 되는 거라고!"

"2보 전진하고 3보 후퇴하는 게 인생이잖아아아아아?!"

"마츠토모 선배……."

"무, 무리하지 마."

"괜찮아요. 오히려 제 일은 말리는 게 아닐까 싶은데."

그때, 억센 손이 껄렁한 남자들의 어깨를 확 잡았다.

"여어, 내 친구가 뭔 짓 했다냐?"

"흭."

"휴 잭맨?!"

"아 뭔 짓 했냐고 묻고 있잖여!!"

"죄."

"죄송합니다~~!!"

뒤도 안 보고 도망가는 껄렁한 남자들.

"후우, 갔나요."

"참 내, 남자라는 이름이 아까운 비열한 놈들이구먼."

"선배 멋져요!"

"멋져……!"

"……이렇게 될 거라고. 무조건 이렇게 될 것이여!"

"잠깐, 네가 어딜 봐서 휴 잭맨이냐? 호모 사피엔스 종의 수컷 개체라는 점밖에 공통점이 없잖아."

"여름의 마력이야."

"마력도 할 수 있는 게 있고 할 수 없는 게 있다고 생각해."

"뭐 사소한 부분은 제쳐두고, 대충 그런 느낌으로 되지 않겄냐. 사오토메 씨와 노는 건 그때부터라도 늦지 않어."

여유로운 얼굴을 한 츠치야는 아랑곳하지 않고, 미오 씨와 무라사키는 주위의 시선을 모으면서 비치발리볼에 집중하고 있었다. 구슬처럼 튀는 땀이 건전하고 상쾌했다.

"이번에야말로 갑니다, 누님!"

"그래, 날 믿고 때려봐!"

미오 씨가 누나 말투를 쓴다는 건 알아차리고 있었지만, 무라사키도 어느샌가 동생 모드에 들어가 있었다. 우노 지옥 때도 그랬으니, 분위기가 달아오르면 평소에는 할 수 없는 말도 할 수 있는 게 인간의 천성이리라.

두렵도다, 여름.

"서브!"

"리시브!"

"토스!"

"토스!"

"회전 리시브 헷."

무라사키가 모래에 처박혔다. 얼굴부터.

초보가 모래땅에서 회전 리시브하는 건 무모한데.

"괘, 괜찮아?"

"괜찮아요! 그보다 드디어 네 번이에요, 랠리 네 번!"

"신기록이네!"

"이렇게 가면 동양의 마녀*를 넘어설 날도 머지않았어요!"

"파리 올림픽 예선은 언제부터였지?"

"저희 자매의 이름을 올림포스의 신들이 기억해서 영원한 존재

---

*1961년 유럽 원정에서 22연승을 한 니치보카이즈카 여자 배구팀의 별명. 1964년 도쿄 올림픽에서도 금메달을 획득한다

가 되는 거네요⋯⋯!"

목표가 높다. 굉장히 높다.

나도 모르게 딴지를 걸 뻔했다. 자매가 사이좋게 노는데 끼어
드는 것도 눈치가 없는 짓이라고 생각해 겨우 멈췄다.

그런 내 옆에서는 아까 전과는 완전히 다른 태도로 미간을 찌
푸린 츠치야가 어째서인지 앓는 소리를 내고 있었다.

"왜 그래 츠치야. 빙수라도 과하게 먹었냐."

"이상하구만. 이건 뭔가가 이상혀."

"뭐가?"

"일본의 헌팅꾼은 허벌나게 바보라서 미녀를 보면 5분 안에 헌
팅을 하도록 뇌가 설계되어 있단 말이여."

"아무리 그래도 그 말은 모든 헌팅꾼들에게 실례라고 생각하
는데."

"미녀의 기척을 감지하고 3초 이내에는 이미 '언니 혼자야?'나
'낫토에 파 넣는 타입이야?' 중에서 어떤 대사로 치고 들어갈지
계산한다고 하더라고."

"낫토는 뭐야."

"근디 아직 '여~어!' 하는 목소리조차 안 들리다니⋯⋯. 뭔가
이상한디. 뭔 일이 있는 게 틀림없단 말이여."

"아야 너 지금 뭔 소리 허냐?"

나도 모르게 사투리로 따졌지만, 실제로 그 누구도 말을 거는
사람이 없었다.

미오 씨는 어떻게 봐도 스타일이 끝내주는 미녀고, 무라사키도 겉모습이 어려 보일 뿐이지 얼굴은 귀엽다. 한여름의 해변에 둘이서만 있으면 한두 번이 아니라 10번, 20번은 말을 걸어올 법도 한데 아무도 없다니, 무슨 일일까.

　"……응?"

　이 세상에는 의문을 품고서야 비로소 깨닫는 것이 있다.

　"왜 그려 맛츠."

　"아니, 주위 시선이."

　미오 씨와 무라사키는 확실히 시선을 모으고 있었다.

　하지만 그 시선은 수영복을 입은 미녀들을 바라보는 시선이 아니었다. 이글이글 타오르는 느낌이 약하다고 해야 할까, 훈훈한 광경을 보는듯한 얼굴이었다.

　"동생이 연결한 이 공, 언니로서 반드시 받아내 보이——아밧."

　"모래 언덕에 머리부터?! 무, 물티슈 필요한가요? 언니!"

　"……그런 건가."

　"뭐 좀 알아냈냐. 맛츠."

　"아니, 단순한 예상이지만."

　"어어."

　"다들 저 두 사람이 가족끼리 왔다고 착각한 게 아닐까?"

　"아."

근처에 아버지와 어머니가 있는 자매를 헌팅한다. 그것은 곧 매너가 없는 행동이자 자살행위이다. 여름의 분위기와 미오 씨의 소망이 만들어낸 자매 설정이 뜻하지 않게 둘을 지켜주고 있었다.

"……지금이라도 끼어들까, 맛츠."

"그게 좋을 거 같아."

솔직히 나도 한 번은 헌팅에서 구해주는 상황을 겪어보고 싶었다. 그렇다고 해서 미오 씨와 무라사키에게 쓸데없이 무서운 경험을 하게 만들 필요도 없었다.

점심 전에 체력이 다할 때까지 넷이서 비치볼을 쫓아다녔다.

"이번에 대기업과 한 거래에서 문제가 생길 뻔했죠?"

"아아, 사장이 큰소리쳐서 빼도 박도 못하게 됐었죠."

바다의 집.

동해 방면에서는 해변 찻집이라고 불리기도 하는 시설에 어떻게든 자리를 확보한 우리는 밀려오는 육체 피로를 얇은 테이블에 맡기고 점심밥을 기다리고 있었다.

제일, 아니, 유일하게 기운이 있는 츠치야가 마실 것을 가지러 간 사이에 나는 무라사키에게서 회사의 근황을 듣고 있었다. 미오 씨는…… 녹초가 돼서 테이블에 엎어져 있었다. 자매가 금메달을 노린다는 꿈에서는 이미 깨어난 듯했다.

"대기업 측이 압력을 넣었기 때문이 아닌가 하는 의혹이 생겨서 당국의 감사가 들어왔대요. 가택수색이에요."

"진짜냐. 하청법인가."

정식 명칭은 하청 대금 지불 지연 방지법. 대략적으로 말하자면 강한 회사가 약한 회사에게 실력행사를 하지 못하게 단속하는 법률이다.

거래 상대인 대기업 입장에서는 불합리하기 짝이 없었을 것이다. 나이도 먹을 대로 먹은 경영자가 미인(미오 씨)에게 좋은 모습을 보여주려다가 처리할 수 있는 양의 50배를 부르다니, 어떻게 예상하고 막으란 말이냐.

"그래도 원인을 조사해 나가니 우리 회사의 사장이 잘못했다는 게 판명돼서."

"판명됐다기보다는 들켰다고 말하는 편이 더 정확할지도 모르겠다만."

"아아, 어서 와. 시켜서 미안하다 츠치야."

"사오토메 씨의 아이스커피를 가지러 간 김에 가져온 것이여. 자, 콜라. 무라사키는 아이스티제."

"감사합니다."

무라사키는 쿨한 표정을 유지한 채로 아이스티를 한 번에 다 마셨다. 후루룩하는 소리를 내면서 고개를 갸웃거리더니 생각 이상으로 얼음이 차 있던 컵을 원망스럽게 바라봤다.

"목말랐었구나, 무라사키……. 그래서 결국엔 어떻게 됐어?"

"사장의 머리가 '새 얼굴이야!' 당했어요."

"머리가 교체돼서 회사의 기운이 100배가 되었다 이건가."

"일단은 전 사장의 부인이 자리에 있긴 헌데, 조만간 정식으로 신임 사장이 정해지지 않긋냐?"

"후임 인사조차 기다리지 않고 바로 잘리다니. 진짜냐."

생각보다 큰일이었던 것 같았다. 남의 일처럼 이야기했지만, 나도 회사에 머무르고 있었으면 사건에 말려들었을 것이다. 다만 내가 미오 씨에게 스카우트 된 게 모든 일의 시작이었으니, 무의미한 가정이지만.

"그래서 말이다, 그런 문제는 높으신 분들 문제고 본론은 지금부터라고."

"본론?"

"당국이 나섰다는 건 나라에 찍혔다는 소리잖여?"

"뭐, 그렇지."

"그 말은 우리도 악덕 기업에서 벗어나지 않으면 회사가 사라진다는 말이니께, 일단은 연간 휴일 수를 손봐서…… 그쟈!"

"그쵸!"

"무슨 일이야?"

마음은 어린이가 되었어도 몸은 쫓아가지 못해 체력을 다 써버려 엎드려 있던 미오 씨가 아이스커피의 냉기에 정신을 차렸는지 천천히 고개를 들었다.

"들어보세요, 사오토메 씨! 놀랍게도!!"

"여름휴가가!"

"3배로 늘어부렀어요!!"

"3배?! 대단하네! 바캉스도 갈 수 있는 거 아냐?"

눈을 휘둥그레 뜨는 미오 씨.

하지만 아니에요. '원래 휴가 일수'가 다르단 말이에요, 미오 씨.

"무려 하루였던 게 3일로!"

"토요일 일요일을 합쳐서 5일 연휴에요! 파이브 데이즈 베케이션!"

"그, 그렇구나. 잘됐다 잘됐어."

"미오 씨, 그들의 싸움은 이제 막 시작됐어요."

참고로 미오 씨는 앞서 언급한 사건 때문에 토요일과 일요일에 출근한 만큼의 대체휴일을 써서 왔다. 나도 미오 씨의 일정에 맞춰서 일했기 때문에 대체휴일 취급을 받아 4일 연휴다. 여름휴가는 8월의 오봉*에 5일, 거기에 앞뒤로 유급휴가를 쓰는 걸 장려받고 토요일 일요일을 포함하여 10일의 연휴가 예정되어 있다.

10일 연휴, 10일 연휴다.

처음 들었을 때는 무슨 말인지 이해하지 못했다. 미오 씨는 그런 세상에서 살고 있으니, 악덕 기업의 휴일에 대해 듣고 기막혀하는 것도 무리가 아니다. 하지만 첫해에 이렇게나 바뀌었으니 그 회사의 진심이 엿보였다.

분명 내년 이후에는 더 개선되어 갈 것이다.

---

*양력 8월 15일에 조상의 영을 기리는 일본의 명절

"그라고 전 사장이랑 쿵짝거리는 걸 기회로 삼아가지고 지 맘대로 하던 벼랑 끝 대머리도 한 번에 뒷방 늙은이가 됐응께. 조금은 얌전해지겠제."

"아아, 그 인간도 결국은…… 벼랑 끝 대머리?"

"갱신됐어요. 대머리 뻐꾸기 과장이 가발 뻐꾸기 과장이 되고, 가발 뻐꾸기 과장이 어긋난 뻐꾸기 과장이 되고, 어긋난 뻐꾸기 과장이 다시 한번 대머리 뻐꾸기 과장이 됐다가 지금은 벼랑 끝 대머리 과장이에요."

"……아아, 대머리가 벼랑 끝에 몰려서 벼랑 끝 대머리인가. 이제 이해했어."

일을 탁란하지 못하게 되어 뻐꾸기라는 이름을 반납하는가 싶었더니 벼랑이라. 별명은 누가 번번이 생각해내는 걸까.

"이것도 저것도 전부 사오토메 씨 덕분이에요!"

"아, 아뇨, 그건 결과론이고……."

"그래도 사오토메 씨 덕분에 회사가 좋아지고 있는 건 분명하니까요!"

"그런가…… 그렇구나……. 그런가."

자신에게 말하듯이 몇 번이나 '그런가'라며 중얼거렸다. 미오 씨가 발단된 그 사건이 해결되었다고 해도, 역시 미오 씨의 마음 속에는 아직 가시가 박혀있을 것이다. 분명 사건이 일어난 뒤에 좋은 방향으로 굴러가고 있다는 걸 알고 안심했을 것이다.

"오래 기다리셨습니다~! 메가 곱빼기 오므라이스 소바와 핫도 그 4개입니다~!"

분위기가 차분해진 순간 내 뒤에서 목소리가 들렸다. 수영복을 입은 점원이 주문한 요리를 가져온 듯했다. 타이밍이 좋은데 츠치야와 무라사키의 상태가 이상했다.

"뭐?"

"어어……?"

"츠치야? 무라사키? 왜 그래."

"네~, 옆으로 실례하겠습니다~!"

내 옆을 지나쳐 테이블에 쿵 소리를 내며 놓인 알루미늄 접시를 보고 츠치야와 무라사키가 굳은 이유를 알았다.

"나눠 먹는 게 싸서 메가 곱빼기로 시켰는데……."

"이렇게 돼버리냐……?"

소스가 눌어붙은 향기가 감돌았고, 달걀은 반숙으로 알맞게 익어 노란 빛깔이 눈을 즐겁게 했다. 식욕을 돋우는 오므라이스 소바인 건 틀림없다. 틀림없는데.

많다.

엄청나게 많다.

이런 바다의 집 같은 곳에서는 메뉴 사진에 비해서 초라하게 나오는 게 보통 아닌가? 왜 사진보다 불어서 온 거냐.

사고가 정지된 우리 중에서 의외로 가장 먼저 정신을 차린 건 무라사키였다.

"이, 일단 먹어요. 식기 전에."

"그렇네! 자, 미오 씨도 좋아하죠, 오므라이스 소바."

"으, 응."

접시에 담아서 미오 씨 앞에 놓으니, 어째서인지 시선만 위로 올려서 날 바라봤다.

"미오 씨?"

"그, 엄청 맛있어 보이는데…… 어느 정도야?"

어느 정도.

얼핏 들으면 의미를 알 수 없는 질문. 하지만 나와 미오 씨에게 는 공통의 의미가 있다. 나는 요 2주일간 암기한 수치를 토대로 대강 계산하고 엄지를 위로 세웠다.

"오전에 운동했으니까 세이프에요!"

말할 것도 없이 칼로리 계산이다.

"자, 잘 먹겠습니다!"

미오 씨는 주변이 밝아질 정도로 환하게 웃으면서 나무젓가락 을 들고 오므라이스 소바를 입으로 옮겼다.

"맛있어, 맛있어 맛있어."

"아직 많이 있으니까 꼭꼭 씹어서 먹어요. 핫도그도 있으니까 요~."

"응!"

사실은 근소한 차이로 아웃이었지만. 나는 그 정도의 일로 이 행복해 보이는 얼굴에 먹구름을 드리우는 짓은 할 수 없었다.

도쿄에 돌아가면 두부를 더 사둬야겠군.

◆ ◆ ◆

"바다까지 와서 영화냐~?"

"전 괜찮다고 생각해요. 너무 바다에만 있어도 햇볕에 타니까요."

"밥 먹고 조금 쉬고 싶었으니까 딱 좋네. ……휴식이 되면 좋겠지만."

점심 식사 후, 해변에서 놀 체력이 없다고 판단한 우리는 숙소로 돌아와 있었다.

음악이라도 틀까, 이런 생각을 하면서 가져온 노트북을 켜면서 나는 미오 씨가 가져온 블루레이를 꺼냈다.

"이거다. '너의 췌장, 아래에서 먹을까 옆에서 먹을까'."

"그게 뭐냐. 호러 영화여?"

패키지에는 수술복을 입은 남자가 어둠 속에 서 있는 모습이 찍혀있었다.

"거래처 분이 나한테 빌려주신 거야. 영화를 좋아하는 사람이고 이거 전에도 숨겨진 명작을 빌려주셨어."

숨겨진 명작. 확실히 '사령의 쟁반카레'를 보고 그만큼 소리를 질렀으니 명작인 건 틀림없다. 호러 영화로 봤을 때는.

미오 씨는 조금이라도 많은 인원과 함께 보고 싶어서 일부러 가져왔을 것이다.

"저도 영화는 좋아해요. 기대돼요!"

무라사키가 기대하는 얼굴을 보니 남자로서, 선배로서 마음이 조금 아팠다.

"그럼 재생한다~."

그리고 90분 후.

"으엣, 쿨쩍……."

미오 씨는 울고 있었다.

"으어어어어어어……!!"

츠치야도 울고 있었다.

"으에에에에에에……!"

무라사키도 울고 있었다.

"큭, 이런, 빤히 보이는 복선으로……!!"

나도 울고 있었다.

방심했다. 완전히 방심했다.

"이런 명작 의료 드라마가 어째서 무명인 거야……?"

'너의 췌장, 아래에서 먹을까 옆에서 먹을까'. 호러가 아니라 의료 영화였다.

환자를 베는 것을 '먹는다'라고 표현하는 별난 천재 외과 의사가 췌장에 난치병을 앓고 있는 연인을 수술한다는 스토리다.

메스를 아래에서 넣어야 하는가, 옆에서 넣어야 하는가. 주인공이 홀로 고뇌하는 장면을 보면 눈물을 흘리지 않을 수가 없다.

"다른 사람에게는 수술의 어려움조차 이해받지 못하는 고독이

패키지에 표현되어 있었구나……. 어쩜 이렇게 애처로운 천재가 있을 수 있을까……."

"그래도, 그래도, 기적은 일어나네요……!"

"이건 기적이 아니여 무라사키, 선생님의 부단한 노력과 불굴의 정신이 근소한 차이를 만들어낸 것이제……!!"

"이유 같은 건 어느 쪽이든 상관없어. 그 애가 살아난 게 전부야……!"

예상외로 수분을 소비했지만 좋은 휴식이 되었다. 이렇게 되면 저녁 이후의 예정은 변경하지 않아도 될 것 같다.

"훌쩍, 이 뒤에는……."

"자, 미오 씨, 티슈에요~."

나도 남 말할 처지는 아니지만, 아무래도 코를 풀지 않으면 대화가 성립되지 않는다.

"이 뒤에는 바비큐를 예약해뒀어요. 그게 5시 시작이고, 어두워지면…… 츠치야, 그거 사 왔지?"

"그럼, 당연하제."

"마땅한 장소가 있어요? 요즘 해변은 금지인 곳도 많다고 하던데……."

무라사키가 불안한 표정을 지었지만, 걱정 없다.

이걸 위해서 꼼꼼히 조사해 숙소를 잡았으니까.

"밤에는 불꽃놀이에요!"

◆ ◆ ◆

치직…… 꾸물꾸물꾸물꾸물꾸물…….

"뱀 불꽃은 좋네요……."

"애초에 이건 폭죽일까?"

"옛날에는 '파라오의 뱀'이라고도 불린 유럽에서 태어난 멋진 폭죽이라고요. 츠치야 선배."

"호오~."

바다와 맞닿은 뜰에 '불꽃놀이를 할 때의 약속'이라고 적힌 간판이 세워져 있었다. 우리는 숙소에 딸린 그 풀밭 한구석에서 가져온 폭죽을 벌여놓고 있었다.

모기향 연기에 폭죽의 냄새에 바비큐의 잔향. 여름이 바닷바람을 타고 코를 간질이는 밤이었다.

"이제야 시원해지기 시작했네요, 미오 씨."

"그렇네~. 별이 엄청나~."

미오 씨는 바비큐를 하고 남은 캔주스를 꿀꺽꿀꺽 마시면서 별이 가득한 하늘을 보고 눈을 반짝이고 있었다. 그 모습에 이끌려 하늘을 올려다보니 단둘이서 벌인 칠석 축제 때는 보이지 않았던 은하수가 반짝이며 흐르고 있었다.

"자 그럼, 츠치야랑 무라사키가 전부 터뜨리기 전에 우리도 불꽃놀이를 할까요?"

"할래~."

"어느 걸로 할래요? 선향불꽃, 스파클라, 팽이폭죽, 대부분은 갖춰져 있어요."

"스파클라!"

"좋아하는 빛의 삼원색은?"

"전부!"

"그럼 색이 변하는 폭죽이네요~."

봉투에서 '레인보우'라는 글자가 찍힌 폭죽을 골라서 건넸다.

숙소에서 빌린 '祭' 글자가 적힌 부채를 손에 들고 툇마루에 앉아 발을 파닥파닥 흔들던 미오 씨가 폴짝 뛰어 이쪽으로 달려오는 것을 기다렸다가 라이터에 불을 붙였다.

"오오~."

"저도 오랜만에 했는데, 이렇게 선명했었나요."

빨강, 파랑, 초록으로 변화해 가는 빛에 비친 미오 씨의 눈동자는 깊어져 가는 밤의 어둠 속에서 불꽃보다 더 빛나 보였다.

생각해보니 미오 씨와 만난 것도 밤이었다. 비가 오던 날 밤, 혼자 서있던 미오 씨에게 말을 건 뒤부터 모든 것이 변했다.

만약 미오 씨가 열쇠를 잃어버리지 않았더라면.

만약 내가 더 피곤해서 엮이는 걸 주저했더라면.

그런 작은 차이로 일어나지 않았을지도 모르는 아슬아슬한 우연으로 우리 네 명은 여기에 있다.

"다음은 이게 좋아!"

"알겠어요."

"마츠토모 씨도 같이하자~?"

"그럼 저도 미오 씨랑 똑같은 걸로."

나란히 다음 폭죽에 불을 붙였다. 초연과 함께 하얀 불꽃이 튀어나가 포물선을 그리고 풀 위로 튀었다.

"마츠토모 씨, 불꽃놀이 좋아해?"

"좋아해요. 큰 것도, 작은 것도."

"난 작은 게 더 좋으려나~. 상냥한 느낌이 드는 게 좋아."

폭죽을 빙빙 돌리며 노는 미오 씨를 보면서 문득 생각했다.

과연 이 일은 언제까지 계속할 수 있을까. 이 일로 평생 먹고살 수 없다는 건 잘 알고 있다.

그래도.

"미오 씨, 전 지금 이러고 있는 걸 후회할 일은 평생 없을 것 같아요."

"무슨 소리야?"

"그만큼 즐겁다는 말이에요."

"그렇구나~."

나도 그래~, 라며 이어지는 말에 맞춰서 손에 들고 있던 폭죽이 마지막 빛을 내뿜고 사라졌다.

폭죽도 줄기 시작했으니 슬슬 선향불꽃이라도 피울까 싶어서 손을 뻗으니 구석에서 뱀 불꽃을 관찰하던 츠치야와 무라사키의 목소리가 들렸다.

"사오토메 씨~. 슬슬 큰 거 터뜨려요~!"

"숙소에 물어보니까 분출 타입은 해도 된대요!"

"그렇대요, 미오 씨. 가요."

"응!"

츠치야가 라이터로 점화하자 도화선이 치지직 소리를 내며 통 모양의 폭죽에 빨려 들어갔다. 한순간의 정적이 찾아온 뒤, 분홍색 불꽃이 슝 하고 날아올랐다. 밤하늘에 가득한 별이 늘어난 것처럼 보이는 광경에 츠치야와 무라사키가 환성을 질렀다.

"오오~!"

"맞다 사진, 사진 찍을게요!"

"너무 가까이 가면 옷에 구멍 뚫리니까 적당히 해~."

서둘러 스마트폰을 꺼내는 둘을 눈으로 좇고 있으니, 갑자기 오른팔에 무게를 느껴 시선을 빼앗겼다. 오른쪽 아래로 시선을 돌리니 미오 씨가 내 셔츠의 소매를 손끝으로 잡고 밤하늘에서 춤추는 빛을 가만히 바라보고 있었다. 그 눈동자 살짝 젖어 보이는 건 기분 탓일까.

"예쁘네요, 미오 씨."

"그러게~."

"우리가 만난 지 두 달 조금 안 됐네요. 그전까지는 이런 건 상상도 못 했는데, 인생은 어떻게 될지 모르는 거네요."

"그러게~."

겨우 두 달. 그 짧은 기간에 정말 여러 일이 있었다. 같이 저녁을 먹기도 하고, 인형을 사러 가기도 하고, 감기에 걸린 미오 씨를 간병하거나 밤새워 게임을 하거나. 하나하나의 일은 사소하지만, 이 일 중에서 하나라도 빠지면 이번 여름은 없었을 것이다.

"저거 봐요. 츠치야랑 무라사키도 저렇게 재밌게……."

"그러게~."

"8월 연휴에도 또 어딘가에 갈 수 있으면 좋겠네요."

"그러게~."

"다음엔 어디로 갈까요?"

"그러게~."

"……미오 씨, 현 독일 정권의 대불 정책에 대해서 어떻게 생각하시나요?"

"그러게~."

나는 곧장 미오 씨가 아까 전까지 앉아 있던 툇마루로 고개를 돌렸다.

바비큐에서 나온 캔주스 하나를 가져와서 마셨을 텐데, 나는 그 라벨을 보지 않았다. 어둠 속에서 눈을 똑바로 뜨고 읽어낸 것은 미성년이 살 수 없다는 것을 알려주는 한 글자.

"'술', 이라니."

주스인 줄 알았더니, 적당한 도수에 적당히 달고 맛을 고를 수 있는 캔 츄하이*였다. 네모난 테두리로 둘러싸인 '술'이라는 글자가 어둠 속에서도 어렴풋이 보였다.

저거 하나로 취하는 사람은 좀처럼 없지만, 미오 씨가 알코올

---

*증류식 소주에 탄산수와 과즙을 섞은 술

에 강하지 않다는 사실은 달걀술 사건으로 이미 알고 있었다. 실제로 미오 씨에게 시선을 돌리니, 알에서 부화한 새끼 바다거북처럼 비틀비틀 바다를 향해 걸어가고 있었다.

"저기~ 있잖아~ 마츠토모 씨, 바다가 엄청 예뻐~."

"미오 씨, 위험하니까 바다 쪽으로 가면 안 돼요."

"정말~, 안 빠져어."

해안에서는 다른 젊은이 그룹이 우리보다 화려한 불꽃을 터뜨리며 환성을 지르고 있었다. 아마 소문으로만 듣던 그 파티 피플일 거다.

이대로 두는 건 영 좋지 않다.

얼굴도 반듯하고 E컵에 거나하게 취한 28세 아동이 위험이 가득한 여름의 해안으로 풀려난다. 그런 일은 어떻게든 막아야 한다.

"어~이 츠치야, 무라사키!"

"응, 왜 그려~?"

"어라, 사오토메 씨, 왜 그런가요?"

"좀 취한 것 같아서 말이야. 불꽃놀이도 얼추 끝났으니 이제 방으로 돌아가서……."

다행히 나는 '준비'가 되어 있다. 이 네 명이 모여서 밤을 보낸다면. 그럴 때는 결코 빼놓을 수 없는 것이 있다고 여행이 결정됐을 때부터 생각하고 있었다.

"야 맛츠, 설마……."

"좋네요. 저도 리벤지 찬스를 노리던 참이었어요."

"오, 할래~? 아아쨩이나 다른 애들은 없지만 안 질 거다~?"

나는 눈치챈 듯한 세 명에게 작게 고개를 끄덕이고 주머니에서 손바닥 크기의 상자를 꺼내 밤하늘을 향해 들어 올렸다.

"우노, 할까!"

분홍색 불꽃에 비쳐서 검은 바탕을 수놓은 노란 로고가 떠올랐다.

여름밤은 이제 시작되었다.

"미오 씨, 저는 평화적 해결이 중요하다고 생각해요."

"됐으니까 그 손 놔, 마츠토모 씨."

즐겁고 즐거운 바다 여행에서 돌아오고 며칠이 지난 밤. 여러 문제가 정리되어 겨우 한숨 돌릴 수 있다고 생각한 것도 잠시, 저녁 식사를 마친 나와 미오 씨는 한 권의 책을 잡고 서로 잡아당기고 있었다.

책 표지에는 금박을 입힌 '졸업 앨범'이라는 글자가 있었다. 찢어지지 않도록 힘 조절을 하면서도 서로 한 발짝도 물러서지 않는 공방전이 이어지고 있었다.

"내 걸 봤으니까 마츠토모 씨 것도 보여주는 게 도리잖아?"

"큭, 미오 씨의 어디에 이런 힘이……! 그 일은 용서해줬잖아요."

"그건 그거고 이건 이거야."

"맞다, 미오 씨, 사실은 물방울떡 사뒀어요. 안 먹을래요? 먹고 싶죠? 먹을래요?"

"얼른 그 손을 놔, 마츠토모 씨."

"대화의 여지가 없어!"

"하지만 물방울떡도 나중에 먹을래."

"욕심도 많으셔라!"

"여름 하면 물방울떡이지."

"그렇죠."

261

요컨대, 내가 미오 씨의 졸업 앨범을 봤으니 기필코 내 걸 봐야겠다는 이야기였다. 우연한 대화가 계기가 되어 '저도 고향 집에서 나올 때 가져가라는 말을 들었어요'라고 입을 놀린 게 화근이었다. 긁어 부스럼을 만든 격이었다.

　"괜~찮~잖~아~. 보여준다고 닳는 것도 아닌데~."

　"그런 논리라면 제가 미오 씨 걸 봐도 아무런 문제가 없는 거 아닌가요……?"

　"어? 아~, 그, 닳았는데? 여러가지로?"

　"흠, 예를 들자면?"

　"그러니까, 어~…………."

　고민하고 있다. 턱에 손을 대고 엄청나게 고민하고 있다. 가끔 '개인정보의'라던가 '가치의 손모'라던가 '하지만 형법상으로는 간접적으로 보호받는 것에 불과하다는 관점도……'라는 말이 들려오는 게 조금 무서웠다. 그리하여 얻은 결론은…….

　"……미스터리함, 이라던가?"

　"미스터리함이요?"

　"그래, 내 미스터리함이 닳았어."

　"비밀이 있는 여자는 아름다워 보인다, 뭐 그런 건가요?"

　"맞아, 그거야!"

　형법에 따른 개인정보보호의 관점에서 어떻게 그런 결론에 도달한 걸까.

　"알겠나요, 미오 씨."

"뭘~?"

"미스터리한 여성은 물방울떡에 콩가루를 뿌릴지 흑설탕 시럽을 뿌릴지로 고민하지 않아요."

아마도.

"나, 나도 고민 안 하는데?"

"그럼 오늘 밤에는 어느 걸 뿌릴 건가요?"

"둘 다!"

"아니…… 확실히 고민은 안 하는 것 같은데……."

"빈틈이다!"

"앗?!"

당했다. 예상 밖의 대답으로 주의를 소홀히 했을 때 잽싸게 빼앗아 갔다.

"후후후, 그리고 내 옆에 있는 게 뭔지 알겠어?"

"그건, 마시다 만 보리차……!"

"소란을 피우면 보리차가 쏟아져서 앨범과 쿠션과 이런저런 물건이 젖을 거라고!"

"그렇게 무서운 짓을!"

수많은 얼룩 중에서도 의외로 얕볼 수 없는 것이 보리차 얼룩이다. 젖어있을 때는 색이 옅은데 마르면 링 형태의 갈색 얼룩이 져서 보기에 굉장히 안 좋아진다. 과연 미오 씨, 가혹한 자본주의 사회의 최전선에서 키운 전술적 안목은 보통이 아니었다.

어떡하지. 뭔가 있을 것이다. 이 상황을 타개할 수 있는 무언가가.

"…………."

"…………."

"…………큭, 아무래도 보리차는 이길 수 없어!"

"좋~아, 반 사진을 보기 전에 어릴 때 사진부터 차례대로 봐야지~."

승부가 난 걸 알자 미오 씨는 바로 앨범을 펴서 내용을 보기 시작했다. 정말, 참으로 좋은 미소를 짓고 계셨다.

"아, 초등학교 1학년 마츠토모 씨 찾았다! 귀여워~!"

그렇군. 이런 느낌이었나.

"눈앞에서 그런 이야기를 듣고 있으니 뭐라고 할까…… 멘탈에 타격을 받네요."

"밤에 몰래 보는 편이 좋았어?"

"내일 아침에 눈을 맞추는 게 불안해지니까 사양할게요."

"그렇구나~. 음, 2학년 마츠토모 씨도 있을까~?"

내가 그랬던 것처럼 미오 씨는 졸업 앨범을 한 페이지씩 넘기면서 내 성장을 쫓았다. 솔직히 상당히 부끄러웠다.

"어라? 이 사진에 나온 애는……."

"왜 그러세요?"

"이거 봐, 마츠토모 씨를 목말 태우고 있는 여자애. 마츠토모 씨랑 좀 닮은 것 같은데."

미오 씨가 가리킨 사진에서는 내가 상급생 여자아이의 목마를 타고 기린에게 손을 흔들고 있었다. 동물원에 소풍 갔을 때의 사진인 듯했다.

"아, 제 누나에요. 이때면 제가 2학년이고 누나가 5학년일 때겠네요."

"아, 그런가. 마츠토모 씨는 '유우지'* 씨였지. 둘째구나."

유우지 씨, 라고 처음으로 이름으로 불려 조금 두근했다.

"이게 누나인 치히로고, 가운데가 저, 그리고 막내 여동생을 합쳐서 세 명이에요."

"……여동생도 있어? 어디?"

물고 늘어졌다. 무라사키 때도 그랬는데, 미오 씨의 동생에 대한 욕구는 장난이 아니었다. 어지간히도 갖고 싶었나 보다.

"나이 차이가 커서 같은 앨범에는 안 찍혀있을 거예요. 스마트폰에 사진이 있을 건데…… 이거 봐요."

"아, 귀여워!! 활발해 보이는 아이네~."

내 사진을 봤을 때보다 '귀엽다'가 강했다. 화면 속의 검은 머리 중학생을 뚫어지게 보고 있었다.

"여동생 유우카에요."

"이런 여동생도 좋구나. 갖고 싶어……. 어떡하면 좋을까……."

"어떻게 해도 안 돼요. 오빠 앞에서 여동생을 빼앗을 계획을 세우지 마세요."

---

*한자로 쓰면裕二이다. 일본에서는 남자 아이의 경우 첫째, 둘째, 셋째에게 각각 太郎(一郎)타로(이치로), 次郎(二郎)지로(지로), 三郎(사부로)와 같이 태어난 순서에 따라 이름에 순서를 나타내는 한자를 넣어서 이름을 짓기도 한다

내 여동생이 미오 씨의 여동생이 되는 방법. 합법이고 간단한 방법이 있긴 한데……

"아, 좋은 방법이 있어!"

"저기, 미오 씨?"

뭔가 떠올린 듯한 미오 씨를 보고 심장이 이상하게 고동쳤다. 설마 싶으면서도 가끔 엉뚱한 소리를 하는 사람인만큼 방심할 수 없었다.

"마츠토모 씨."

"뭐, 뭔가요?"

"여동생은 양자 결연에 관심 있을까?"

그쪽이냐……

"99.9% 없어요."

"없어?"

"없어요."

"없구나~."

딸이 갖고 싶어서 양자를 들였다는 이야기는 듣지만, 여동생을 원해서…… 그런 경우가 있을까.

"자, 슬슬 끝이에요. 앨범 돌려주세요."

"에~."

"에~, 가 아니에요. 곧 잘 시간이니까 심하게 떼쓰면……."

"쓰면?"

"물방울떡에서 흑설탕 시럽이 사라져요."

"바로 먹고 목욕하고 자야지."

콩가루에 흑설탕 시럽, 적당히 차갑게 만든 물방울떡. 그 조합에 이길 수 있는 일본인은 그리 많지 않을 것이다. 사회의 최전선에서 싸우는 미오 씨도 예외가 아니라서 유리그릇에 여름의 수정이 담기는 것을 가만히 바라보나 싶었더니, 지금은 햄스터처럼 오물거리면서 정말 행복해 보이는 웃음을 짓고 있었다.

바다에 가기 위해 조절한 식생활은 이런 느낌으로 한 달도 지나지 않아 원상태로 돌아온 것이었다.

후기

우선은 이 책을 사주신 것에 대하여 감사의 말씀을 올립니다. 작가인 키와도이 쇼리입니다. 쓰기는 '黃波戸井 ショウリ'라고 씁니다. 아슬아슬한 승리, 라는 뜻의 말장난입니다.

'고마워! 그래도 저런 어른이 되면 안 된다?!'

이건 대학생 아가씨한테서 '읽고 있어요!'라는 말을 들었을 때 제가 반사적으로 한 말입니다. 미오 씨에 마츠토모 씨, 그리고 츠치야 씨와 무라사키. 각자가 어떤 면에서 글러 먹은 어른이지만 사람으로서 중요한 부분은 한없이 올곧은, 하지만 역시나 조금은 글러 먹은 사람들. 그들과 그녀들의 이야기가 많은 분께 사랑받아 진심으로 기쁩니다.

덕분에 '소설가가 되고 싶다'라는 오랜 꿈을 이루었습니다.

이 작품을 쓰기 시작한 뒤부터 많은 프로 작가 선생님들과 교류를 하거나, 라이터로서 각본 일을 받기도 하는 등 크리에이터로서 큰 전환기를 맞았습니다. 그리고 사적인 이야기를 해서 송구하지만, 사생활에도 큰 변화가 있었습니다. 전 10년 가까이 연구에 몸을 담고 있는데, 작가 데뷔 후에도 겸직할 생각이었지만 여러 사정이 겹치고 또 겹쳐서 퇴직하게 되었습니다. 안타깝게도 30만 엔으로 고용해주는 누님도 없으니, 지금은 글쟁이를 본업으로 삼을 예정입니다. 직업란에 '무직'이 아니라 '소설가'라고 자신 있게 쓸 수 있도록 열심히 하겠습니다.

이제 이 글도 막바지인데, 이 자리를 빌려 이 책의 간행에 힘써주신 분들에게 감사 인사를 올리고자 합니다.

제목부터 비주류로 취급받기에 십상인 이 작품을 빠르게 타진해주신 담당 편집자 Y님. 기초부터 끈기 있게 지도해주신 타카야마 세이치 스승님. 그리고 무엇보다도 이 작품을 읽어주신 독자여러분. 진심으로 감사드립니다.

그리고 아사히나 히카게 선생님께도 감사 말씀 올립니다. 굉장히 바쁘신데도 불구하고 일을 받아주셔서 모든 캐릭터를 매력적이면서 이미지대로 그려주셨습니다. 정말 감사합니다.

이 책이 누군가의 생활에 보탬이 되기를 빌며 펜을 놓습니다. 다음 권에서 다시 만날 수 있다는 게 무엇보다도 기대됩니다. 앞으로도 응원 부탁드립니다.

구체적인 감상을 말해주세요! 이 뒤에 있는 주소로 편지도 기다리고 있습니다!!

IT'S MY WORK THAT I SAY HER, "OKAERI" Vol.01
©2020 Shori Kiwadoi
First published in Japan in 2020 by OVERLAP, Inc.
Korean translation rights reserved by Somy Media, Inc.
Under the license from OVERLAP, Inc., Tokyo JAPAN

**월 500을 받아도 사는 보람이 없는 옆집 누나에게 300에 고용돼서
'어서 와'라고 말하는 일이 즐겁다 1**

2020년 12월 15일 1판 1쇄 발행

저   자 키와도이 쇼리
일 러 스 트 아사히나 히카게
옮 긴 이 박정철
발 행 인 유재옥
본 부 장 조병권
편 집 1 팀 김민지 정영길 조찬희
편 집 2 팀 김다솜 정지혜
편 집 3 팀 김혜주 곽혜민 오준영
편 집 4 팀 성명신
라이츠담당 김슬비 한주원
디 지 털 박상섭 이성호 최서윤
발 행 처 ㈜소미미디어
인쇄제작처 코리아피엔피
등   록 제2015-000008호
주   소 서울시 마포구 토정로222, 403호 (신수동, 한국출판콘텐츠센터)
판   매 ㈜소미미디어
마 케 팅 우희선 이주희 한민지
전   화 편집부 (070)4164-3962, 3963 기획실 (02)567-3388
         판매 및 마케팅 (070)4165-6888, Fax (02)322-7665

ISBN 979-11-6611-318-5
ISBN 979-11-6611-317-8 (세트)